KB087283

100% Bonheur

Original edition in French is published in 2012/2017 by Mango, Paris, France
Copyright ⓒ Mango 2012 All rights reserved.
Korean translation copyright © Bookdream 2019
This edition is published by arrangement with Fleurus Éditions through KidsMind Agency, Korea.

에브리데이 해피니스

초판 1쇄 발행 2019년 12월 16일

지은이 라파엘 조르다노 **옮긴이** 이보미 **감수** 정귀수 **펴낸이** 이수정 **펴낸곳** 북드림

교정교열 박월 **표지 및 본문 디자인** 슬로스 **마케팅** 유인철 **등록** 2016년 8월 23일 제2016-000054호

주소 경기도 남양주시 가운로2길 79, 602-1401 **전화** 02-463-6613 **팩스** 070-5110-1274

도서 관련 문의 및 출간 제안 suzie30@hanmail.net **ISBN** 979-11-965566-4-8 (03810)

※잘못된 책은 구입처에서 교환해 드립니다.

이 도서의 국립중앙도서관 출판예정도서목록(CIP)은 서지정보유통지원시스템 홈페이지(http://seoji.nl.go.kr)
와 국가자료종합목록 구축시스템(http://kolis-net.nl.go.kr)에서 이용하실 수 있습니다.
(CIP제어번호 : CIP2019048381)

날마다 행복해지는 연습

에브리데이 해피니스

everyday happiness

라파엘 조르다노 지음
이보미 옮김 | 정귀수 감수

북드림

차례

시작하며

감미롭고 평온한 삶을 꿈꾸고 있니?

걱정 따위는 가벼운 미풍에 실어 보내고,

존재의 기쁨 자체를 온전히 즐길 수 있는 그런 삶을 말이야.

여기 실린 행복의 질문이 그 꿈을 현실로 바꿔줄 거야.

행복 지수를 높이는 힘을 갖고 있거든.

또한, 변화의 마법을 배울 수 있는 소중한 비법도 담겨 있어.

그건 소소한 변화만으로 삶을 무한히 아름답게 만드는 기술이지!

하루하루 살면서 한번쯤 깊게 생각해봐야 할 '지혜의 단어들'을 통해

더 행복해질 수 있는 방법을 스스로 찾아보는 거야.

그리고 단어마다 다음의 세 단계를 거쳐 고찰의 시간을 가져볼 수 있도록 했어.

성찰, 자문, 실천!

성찰의 시간은 충만한 삶을 향해 한 걸음씩 나아가는 길에

동반자가 되어줄 거야. 행복은 내 안에 있다는 사실을 잊지 마.

그리고 누구나 행복에 닿을 힘을 지니고 있다는 것도!

이 연습장이 앞으로 어떻게 해야 할지 알려줄 거야.

부디 즐거운 여정이 되길!

p.s. 가슴에 와 닿는 글에는 형광펜으로 마음껏 줄을 치면서 읽어도 돼!

삶의 만족도 측정기

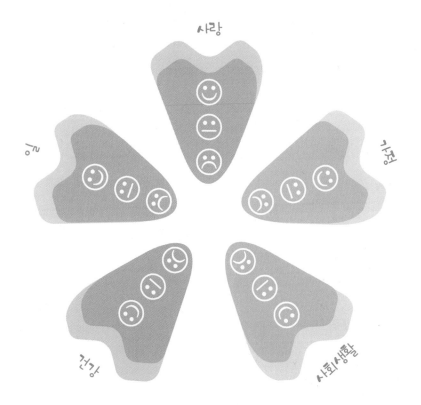

사랑

웃음

가족

건강

사회생활

삶의 다섯 가지 측면에 스스로 점수를 매겨보고,

자신의 만족도에 알맞은 스마일 이모티콘에 동그라미를 그려봐.

삶의 어떤 부분을 개선해야 할지 알 수 있을 거야.

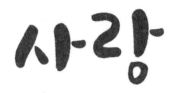

Chapter 1

사랑

'사랑받고 싶다면, 먼저 사랑을 주어야 한다'는 말이 있지. 정말 그럴까?
먼저 사랑하는 마음을 가져봐. 그리고 사랑을 줄 때
사람들의 태도가 어떻게 변하는지 적어봐.

....

....

....

....

사랑의 형태는 정말 다양해. 그 다채로운 모습들을 마음껏 경험해보면 좋겠어.

오늘 누군가에게 사랑을 베푼다면?

사랑을 전하고 싶은 만큼 하트에 동그라미를 그려봐.

- 배우자 또는 애인에게 ♥ ♥ ♥ ♥ ♥ ♥ ♥ ♥ ♥ ♥ ♥ ♥
- 자녀 또는 조카에게 ♥ ♥ ♥ ♥ ♥ ♥ ♥ ♥ ♥ ♥ ♥ ♥
- 친구에게 ♥ ♥ ♥ ♥ ♥ ♥ ♥ ♥ ♥ ♥ ♥ ♥
- 이웃에게 ♥ ♥ ♥ ♥ ♥ ♥ ♥ ♥ ♥ ♥ ♥ ♥
- 반려동물에게 ♥ ♥ ♥ ♥ ♥ ♥ ♥ ♥ ♥ ♥ ♥ ♥
- 그 밖의 이들에게 ♥ ♥ ♥ ♥ ♥ ♥ ♥ ♥ ♥ ♥ ♥ ♥

사랑하는 마음을 가지면 어떤 충족감이 생길까? 그 느낌을 적어보자.

....

....

....

....

연민

연민을 가지면 신기하게도 화가 사라져.
상대방의 입장에서 온전히 이해하고 동정하는데 어떻게 화가 나겠어?
연민은 부정적인 감정에 눈이 멀어 화를 내게 하는 대신에,
이성적이고 맑은 정신으로 건설적인 해결책을 찾게 도와주지.

"모든 위대한 종교의 목표는 거대한 성전을 쌓는 것이 아니라
마음 속에 선함과 연민의 성전을 짓는 것이라고 믿는다." _ 달라이 라마

연민이 느껴지는 사람이 있어?

....
....
....
....

연민이 인간관계에 어떤 변화를 줄까?

....
....
....
....
....

관심

소소한 관심, 이것이야말로 관계에 큰 차이를 만들어내는 '비결'이야.

관심을 받고 싶다면 먼저 상대에게 관심을 가져야 해.

그리고 상대에게 관심을 표현해봐. 소소한 것이더라도 말야.

그리고 상대에게 바라는 것이 있다면 망설이지 말고 전달해. 내 마음을 잘 알 수 있도록!

"이번 생일에는 꽃을 받고 싶어!"라든지, "우산을 깜빡한 비 오는 날에

당신이 전철역에 마중을 나와준다면 정말 행복할 거야"라고 말이야.

이런 작은 노력이 상대의 관심을 이끌어 낼 수 있어.

누군가를 향한 관심을 글로 적어봐. 그리고 관심을 어떻게 표현할지 생각해봐.

....

....

....

....

창의력을 발휘하여 소소한 관심의 표현들을 적어봐.

• 포스트잇에 사랑의 메모 남기기

• 특별한 식사 자리 마련하기

• 기념일이 아닌 날에 작은 선물하기

• 재미있는 문자 메시지 보내기

• 진심을 담아 칭찬하기

• 힘든 일 대신하기

• 그 밖의 아이디어 ....

....

....

나 자신에게 관심을 더 기울여봐.
이것이야말로 모두에게 호의를 베푸는 최고의 방법이야.

스스로를 잘 돌보기 위해서 무엇을 해야 할까?

• 건강한 음식 챙겨 먹기

• 운동하기

• 쉽게 짜증 내지 않기

• 자신을 되돌아볼 수 있는 활동 찾기

• 자신에게 관대해지기

• 스스로를 사랑하고 소중히 여기기

• 그 밖의 아이디어 ....

....

....

자신에게 더 많은 관심을 기울일 방법을 적어봐.

....

....

....

....

....

....

....

선행

자신과 주변 사람에게 선행을 베풀어봐.
만약 모든 사람이 이렇게 마음먹으면 세상은 지금과는 좀 다른 모습이 될 거야!
매일 매 순간 자신과 주변 사람을 위해 해야 할 일을 찾아보고 아주 작은 것에서도
좋은 면을 찾으려고 노력해봐. 그리고 자신에게 일어난 '좋은 일'들을 빠짐없이
노트에 적어보는 거야. 그러면 어느새 '덜 좋았던 일'이 하나둘씩 줄어드는 것을
느낄 수 있을 거야.

> "당신이 있는 그곳에서 작은 선행을 베풀라.
> 작은 선행이 모여서 세상을 바꾸는 법이다." _ 데스몬드 투투

자신을 위해 오늘 어떤 좋은 일을 할 수 있을지 적어봐.

....
....
....

다른 누군가를 위해 오늘 어떤 좋은 일을 할 수 있을지 적어봐.

....
....
....

선행으로 하루가 어떻게 바뀌었는지 생각해봐.

....
....
....
....

용서

적개심을 거두고 상대에게 손을 내밀어봐.
사소한 다툼이 삶을 망가뜨리게 내버려 두지 말고, 먼저 화해를 청하는 거야.
그것은 곧 너 자신에게 주는 선물이 될 거야.

**"적에게 복수하면 그와 똑같은 수준의 사람이 된다.
그러나 적을 용서하면 그보다 나은 사람이 되는 것이다."** _ 영국 속담

용서해야 할 누군가가 있다면 다음 순서대로 그 사람에게 가상의 편지를 써봐.

• 어떤 사건이 있었는지 설명하기(예전에 ~)

....

....

• 자신의 감정 설명하기(그래서 내 기분이 ~ 했어)

....

....

• 자신의 부족했던 점 인정하기(사실 나도 ~)

....

....

• 감정 털어버리기(물론 너도 ~ 때문에 괴로웠겠지)

....

....

• 화해의 메시지로 마무리

"지금부터라도 우리 관계를 다시 시작하고 싶어."

감미로움

<u>스스로를 좀 더 부드럽게 대하는 법</u>을 배워보면 어때?
자신에게 감미로운 시간을 선사해봐. 몸과 마음이 그 순간을 기억할 거야.

아래 항목 중에서 가장 끌리는 제안에 체크 표시를 해봐.

☐ 따뜻한 물로 목욕하기

☐ 아름다운 풍경 속에서 명상하기

☐ 소음이 없는 평온한 시간 갖기

☐ 보습크림으로 마사지 받기

☐ 사랑하는 사람의 손길 느끼기(머리 쓰다듬기 등)

☐ 따뜻한 수건으로 머리 감싸기

☐ 잔잔한 음악 듣기

어떻게 하면 나를 위한 감미로운 시간을 만들 수 있을까?

....

....

....

....

욕망

욕망은 자기 계발의 원동력이야. 마음속 욕망에 귀를 기울여봐.
자신을 기쁘게 만드는 게 무엇인지 인식하는 것도 중요해.
매 순간, 아무리 작은 것이라도 말이야.

자신에게 감동을 주고, 전율하게 만드는 것이 무엇인지 인식하고 그것을 추구해야 해.
건전한 욕망은 사기를 높이고 전진하게 만드는 동기를 제공하거든.

"동정받는 것보다 부러움을 사는 것이 더 낫다." _ 핀다로스

욕망을 위해 노력하는 것에 죄의식을 느낄 필요는 전혀 없어!

하지만 지나친 욕망은 탐욕이 될 수 있어. 혹시 불가능한 욕망을 좇고 있다면
방향을 살짝 틀어서 실현 가능한 새로운 욕망을 찾는 지혜를 발휘하면 돼.

잊지 마! 이 세상에는 명품 가방 말고도 멋진 것이 너무나 많다는 사실을!

지금 내가 가진 욕망은 건전한 것일까? 탐욕일까?

....

....

....

....

....

....

....

화합

"두 개인 간의 화합은 절대 그냥 주어지는 것이 아니라
끊임없이 쟁취하는 것이다." _ 시몬 드 보부아르

화합의 구심점이 되어 보는 건 어때? 그러려면 몇 가지 준비가 필요할 거야.

필요한 마음 존중, 경청, 호의, 친절, 유머, 쾌활함
보조 장치 꽃, 촛불, 향기, 분위기 좋은 식사 자리, 서프라이즈 파티

배우자나 애인과의 화합을 위한 아이디어를 적어봐.

....
....
....
....

가족 간의 화합을 위한 아이디어를 적어봐.

....
....
....
....

직장에서의 화합을 위한 아이디어를 적어봐.

....
....
....
....

기쁨

기쁘다고 느끼는 마음은 노력으로 더 커질 수 있어.

별로 기뻐할 일이 없다고 얼굴을 찌푸리고 있지는 않아? 얼굴을 찌푸리는
나쁜 습관이 들면 상습적으로 투덜대거나 매사에 불평하는 사람이 되고 말 거야.
하루하루가 즐겁고 기쁜 날이 되려면 간단한 원칙 몇 가지를 실천해봐.

• 너그러운 마음 갖기(남을 내 잣대로 판단하거나 비판하지 않는 거야.)

• 최대한 밝게 미소 짓기

• 작은 일에도 감사하는 마음 갖기

• 시간, 에너지, 사랑 베풀기

• 그 밖의 아이디어

....

....

....

....

자신을 기쁘게 하는 것을 모두 적어봐.

....

....

....

....

....

여유

여유로운 삶이란 무엇일까? 부자가 되는 것? 아니면 한없이 자유로워지는 것?
자신의 인생을 스스로 결정하고, 그로 인한 행복을 누리는 것,
그것이 여유로운 삶이 아닐까?

진정한 나를 찾고, 스스로 삶을 선택하는 여유를 부려보면 어때?

남에게 잘 보이려고 노력하는 것은 이제 그만둬. 자신을 있는 그대로 받아들이고,
그에 맞는 삶을 차곡차곡 만들어가는 게 중요해. 이것이야말로 진정한 여유지.
남의 시선이나 사회적 관례 따위는 과감히 벗어던져.

무엇이 삶에 여유를 가져다 줄 거라고 생각해?

• 사랑	☐ 그렇다	☐ 아니다
• 경제력	☐ 그렇다	☐ 아니다
• '싫다'고 말할 수 있는 단호한 성격	☐ 그렇다	☐ 아니다
• 최신형 자동차	☐ 그렇다	☐ 아니다
• 건강	☐ 그렇다	☐ 아니다
• 자아 실현	☐ 그렇다	☐ 아니다
• 멋진 집	☐ 그렇다	☐ 아니다
• 휴가	☐ 그렇다	☐ 아니다
• 만족할 만한 직업	☐ 그렇다	☐ 아니다
• 기타	☐ 그렇다	☐ 아니다

자신에게 어떤 여유를 선물하고 싶어?

....

....

음악

음악이 성품을 온화하게 만드는데 도움이 된다는 것은 이미 잘 알려진 사실이야.

음악은 시공간을 넘나들며 우리에게 평안을 주고, 감정을 초월한 감동을 주지.

기회가 닿는 대로 음악을 듣고, 연주하고, 목청껏 소리 높여 노래도 불러봐.

음악은 가장 가까운 친구가 되어 때론 마음을 다독이고, 때론 용기와 희망을 줄 거야.

기분을 '업'시키는 나만의 음악 재생 목록을 적어봐.

1) ....

2) ....

3) ....

4) ....

5) ....

6) ....

7) ....

8) ....

9) ....

10) ....

새로움

새로움은 일상의 활력소야. 상쾌한 바람 또는 매혹적인 향수와도 같지.
어느 날 이유없이 투덜거리는 자신을 발견했다면,
일상에 새로움을 더할 시기가 된 거야!
새로움이 더해지면 분명 기분이 나아질 거야!

나의 일상에 어떤 소소한 새로움을 더해볼까?

❑ 새로운 헤어스타일

❑ 새 옷

❑ 새로운 인테리어

❑ 새로운 수분크림

❑ 새로운 식사 장소

❑ 새로운 친구

❑ 새로운 취미

❑ 그 밖의 아이디어 ....

....

기분의 변화가 있다면 적어봐.

....

....

....

....

평안

매일 자신에게 말해봐. '나는 내면의 평화를 누릴 자격이 있다.'고 말이야.
그 어떤 외적 요인도 나의 평안을 방해할 순 없어. 평안은 훈련을 통해서 얻을 수 있어.
눈을 감은 채로 느리고 깊게 호흡해봐. 복강신경총(복부에 신경이 몰려 있는 부위)
또는 두 눈 사이에 작은 빛이 있다고 생각하면서 이것을 시각화하려고 노력해봐.
그리고 사랑, 선의, 절대적인 믿음 등의 감각에 몸을 맡기는 거야.
내면의 평화가 가져오는 행복을 느껴봐. 평안이 얼마나 좋은지 알게 될 거야!

오늘의 평안에 점수를 매긴다면?

(요동치는 마음)   (평화로운 마음)

☐ 1   ☐ 2   ☐ 3   ☐ 4   ☐ 5

깊은 바닷속 해초가 됐다고 상상해봐.
수면 위로 아무리 매서운 폭풍우가 몰아친다 해도 깊은 바닷속에서는
잔잔하게 흔들릴 뿐이야.

만약 부처님, 예수님 또는 달라이 라마가 된다면?
역할 놀이를 해보고 나에게 어떤 영향을 미치는지 적어두자.

....

....

....

평안을 되찾는 데 도움이 될 만한 상징이나 이미지를 찾아보자.

....

....

....

일기

스스로 사기를 끌어올리는 아주 좋은 방법이 있어. 자신이 얼마나 성장했는지,
일상의 크고 작은 사건들을 모조리 일기로 기록하는 거야!
사람은 안타깝게도 좋은 일보다 나쁜 일을 더 잘 기억하는 경향이 있어.
하지만 일기에는 좋은 일의 기록도 모두 담겨 있지.
긍정이라는 필터를 씌워서 '좋은 일'을 더 많이 기억하도록 노력해보는 거야.

나는 앞으로 긍정의 일기를 쓰기로 했습니다.

날짜 _____, 서명 _____

최근에 있었던 크고 작은 좋은 일들을 적어봐.

....
....
....
....
....
....
....
....
....

현재

실제로 존재하지도 않고 앞으로도 절대 벌어질 리 없는 일을 미리 걱정하는 것은
나쁜 버릇이야. 그 버릇은 '현재', '지금'과 '연결'되지. 왜냐하면 현재만이
실제 존재하는 순간이거든. 이 나쁜 버릇을 고치려면 꼭 기억해.

어제는 더 이상 존재하지 않고, 내일은 아직 존재하지 않아.
'지금 이곳에 실재하는 법'을 배워봐.

무엇이 '현재'를 느끼는 데 도움이 될까?

• 호흡 의식하기(깊게 호흡하는 법을 훈련해봐)

• 삶을 망가뜨리는 부정적인 생각 하지 말기

• 긍정적인 이미지 시각화하기

• 스트레칭이나 마사지로 몸 관리하기

• 현재 느끼는 감각에 집중하기(감정, 촉각, 청각, 시각, 미각 의식하기)

• 그 밖의 아이디어 ....
....
....

긴장을 풀고 '현재'를 느껴보는 거야.

지금 이 순간 어떤 일이 벌어지고 있는지 아주 세세하게 설명해봐.(소리, 향기, 색깔 등)

....
....
....
....
....

관점

이건 유리잔에 물이 절반밖에 없느냐, 아니면 절반씩이나 남았느냐의 차이야.
어떤 관점으로 보느냐에 따라 다르게 해석된다는 거지.

매일 크게 달라질 것 없는 일상이지만, 어떤 날은 유난히 더 힘들게 느껴지지 않아?
그럴 땐 절대 잊지 마! 우리에겐 얼마든지 이 '채널'을 바꿀 힘이 있어. 그저 자신과
세상 모든 것에서 아름다움, 사랑, 창조성, 기쁨, 평화를 찾으려고 노력하면 돼.

"나쁜 상황에서도 긍정적인 면을 찾으려고 노력해봐."

불교의 상징이 연꽃인 것에는 다 이유가 있어. 연꽃은 더러운 진흙탕에서
빨아들인 에너지로 수면 위에 아름다운 꽃을 피우거든. 나쁜 일이 닥치는 것을
막을 수야 없겠지만, 그것을 어떻게 해석하는가는 마음에 달렸잖아?

부정적으로 여겨지는 상황에서도
긍정적인 면을 찾으려고 노력해봐.

예: 자동차가 고장이 나서 수리비가 130만 원가량 나왔다. ☹

☺ 좋게 생각하자! 고치면 다시 새 차처럼 되겠네.

☺ 사람이 크게 안 다쳤으니 정말 다행이지!

☺ 만약 새 차를 사야 했다면 2,000만 원이나 들었을 거야.

☺ 이 기회에 건강을 위해 자전거를 타고 다녀야겠어.

자신의 경험을 적어봐.(좋지 못한 상황에서도 좋은 면을 발견한 적이 있지 않아?)

☹ ....

....

☺ ....

....

꿈

자신의 꿈을 믿어봐! 꿈은 눈을 반짝이게 하고, 인생을 아름답게 만들어.
꿈을 실현하기 위해 노력한다는데, 잃을 게 뭐가 있겠어?
물론 모든 꿈이 현실적이어야 한다며, 다리를 땅에 딛고 있으라고 말하는
사람들이 있을지도 몰라. 그러면 이렇게 대꾸해줘.

"다리는 땅을 딛고 있지만, 머리는 별들 사이에 있다."고!

"네 삶을 꿈으로, 꿈을 현실로 만들어라." _ 생텍쥐페리

자신의 꿈을 적어봐. 꿈을 실현하기 위해 구체적으로 무엇을 해야 할까?

....

....

....

....

....

현재와 꿈 사이의 거리를 측정해보자. 목표에 가까워지도록 거리를 조금씩 좁혀나가자.

꿈까지의 거리

❑ 접근 불가능하다   ❑ 매우 멀다   ❑ 멀다   ❑ 조금 가깝다   ❑ 가깝다   ❑ 달성!

명상하기

"바야흐로 별빛을 다시 밝힐 때가 되었다." _ 기욤 아폴리네르

섹스

섹스는 인생의 즐거움 중의 하나야. 그러니까 타성이나 근심 때문에 이 즐거움이 '부식'되게 내버려 두지 마. '부식'이 적을수록 에로스가 강해지는 법이거든! 섹스에 대한 자신의 대담함과 창의성을 자유롭게 이야기해봐.

어떻게 하면 더 짜릿해질 수 있을까?

- 마치 처음인 것처럼 생각해
- 서로 모르는 사이인 것처럼 행동해
- 기존의 순서와는 다르게 시작해봐
- 주사위를 던져서 체위를 결정해
- 도구를 사용해봐

섹스를 이야기하는 데 오르가슴이 빠질 수 없지. 싱글과 커플 모두에게 유익한 거야. 그러니까 자신에게도 마음껏 오르가슴을 선사해봐. 과학적으로도 건강에 좋다고 밝혀졌다니까!

오르가슴의 장점

1. 오르가슴에 도달할 때마다 DHEA 호르몬이 분비된다. 이 호르몬은 면역 체계를 강화하고, 세포 조직과 기억력을 회복시키며, 천연 항우울제 역할을 한다.

2. 엔도르핀 수치가 높아진다. 엔도르핀은 행복감을 주고 진통 효과가 있는 중추신경계의 신경전달물질로 모르핀에 가깝다.

3. 체내 테스토스테론과 에스트로겐 수치를 유지해서 뼈와 근육을 강화하고, 심혈관계가 정상적인 기능을 유지할 수 있도록 도움을 준다.

자아

진정으로 스스로를 고찰하고, 깊은 내면의 자아를 존중하고 소중히 해야 해.
나라는 존재는 그 무엇도 대신할 수 없고, 누구도 내게서 빼앗을 수 없어!

• 나는 밝은 사람이야
• 나는 정이 많은 사람이야
• 나는 좋은 부모야
• 나는 열정적인 사람이야
• 나는 단단한 사람이야

'진정한 나'를 긍정적인 단어로 표현해봐.

• 나는

• 나는

• 나는

• 나는

• 나는

Chapter 2

가정

가족

가족이란 마음대로 바꿀 수 있는 존재가 아니야.

가끔 불화가 생길 때도 있지만, 가족은 항상 나에게 든든한 힘이 되어주지.

그러니까 사소한 충돌 때문에 가족 관계가 멀어지지 않게 조심해.

그리고 가족에게 소소하게나마 꾸준히 관심을 표현하는 것이 매우 중요해.

가정의 평화를 지키는 데 이것만큼 좋은 방법도 없거든.

때론 가족 안에 긴장과 대립이 발생하기도 하지. 하고 싶은 말이 있어도 차마 꺼내지 못하기도 하고. 그렇기 때문에 대화가 자연스럽게 이루어질 수 있는 환경을 만들고, 상황에 맞게 '예의'를 갖춰서 이야기하는 게 정말 중요해. 나도 모르게 내 문제만 토로하고 있다면 가족에게 감사의 마음을 충분히 전하지 못하는 경우가 생겨.

진심을 담은 감사, 격려, 칭찬의 말은 가족 모두의 노력을 더욱 가치 있게 만들어줄 거야.

가족 관계를 개선하기 위해 무엇을 할 수 있을까?

....

....

....

어떻게 하면 고마운 마음을 가족에게 전할 수 있을까?

....

....

....

행복

우리는 항상 거창해 보이는 행복을 추구하는 경향이 있어.
그런데 실제로는 작은 행복이 모여서 진짜 행복이 완성되는 거라면?
자, 노트를 펴고 오늘 느꼈던 작은 행복들을 적어봐!

소소하지만 확실한 기쁨을 주는 나만의 소확행은?

• 초밥 한 접시

• 첫 맥주 한 모금

• 고개를 내민 푸른 새싹

• 얼굴에 비친 한 줄기 햇살

• 길에서 마주친 낯선 이의 미소

• ....

• ....

• ....

• ....

• ....

행복이란?(정의를 내리고, 그것을 적어봐.)

....

....

....

....

기대

혹시 가족이나 친구에게 자주 실망하는 편이야?
그렇다면 주변 사람에게 너무 큰 기대를 하는 건 아닌지 스스로 되돌아볼 필요가 있어.

타인을 향한 기대를 줄이고 나의 행복을 스스로 책임질 때 어떤 좋은 점이 있을까?

....

....

....

....

....

....

....

....

나의 욕구를 가장 잘 채워줄 수 있는 사람은 바로 나 자신이야!

타인에게 기대지 않는 주체적인 자유와 만족감을 만끽해봐.
그러면 케이크 위에 체리를 얹듯이, 인생의 화룡점정을 찍게 될 테니 말이야.

평소에 가족에게 얼마만큼 기대하고 만족하는지 점수를 매겨봐.
(만족도에 알맞은 스마일 이모티콘에 동그라미를 치면 돼)

- 관심   ☺ 😐 ☹
- 인정   ☺ 😐 ☹
- 친절함   ☺ 😐 ☹
- 함께하는 시간   ☺ 😐 ☹
- 가사 분배   ☺ 😐 ☹
- 지원   ☺ 😐 ☹
- 안심   ☺ 😐 ☹
- .... ☺ 😐 ☹
- .... ☺ 😐 ☹
- .... ☺ 😐 ☹

기대가 충족되지 않는 부분을 다른 방식으로 채울 수는 없을까?

희망 ****

"삶이 있는 곳에 희망이 있다"는 말이 있어. 절대 포기하지 말라는 의미지.
어떤 때는 예상보다 문제가 더 빨리 해결되기도 하거든.
고통이나 불행은 영원히 지속되지는 않아.
우리 인생에서 영원불변한 것은 아무것도 없으니까.

장마는 때가 되면 끝나게 되어 있어. 그런 경험을 떠올려서 적어봐.

....

....

....

....

....

진심으로 이루고 싶은 것을 적어봐.

....

....

....

....

....

가치

우리에게 진정 중요한 것은 뭘까?
아래의 '중요도 등급'을 활용해 객관적으로 판단하면 좋을 거야.

별로 중요하지 않다 | 중요하다 | 매우 중요하다 | 필수불가결하다

만약 사랑하는 사람이나 친구와의 만남보다 일이 더 중요하다고 생각한다면,
'가치 등급'을 재점검할 필요가 있어. 없어서는 안 될 소중한 것을 그냥 지나치고
있는 것은 아닌지 생각해봐.

• 자신에게 '필수불가결한 것'들을 나열해봐.

....
....

• '중요한 것'들을 나열해봐.

....
....

• '별로 중요하지 않은 것'들을 나열해봐.

....
....

죽음을 목전에 두고 일에 더 매달리지 않았다고
후회할 사람이 과연 있을까?

눈물

자신의 삶에서 빠져주었으면 하는 것과 갈구하는 것을 구별해봐.
무언가 부족한 게 있다면 마음껏 울어도 돼. 눈물은 마음의 걱정거리를
씻어내거든. 그렇다고 너무 많이는 말고, 딱 필요한 만큼의 눈물만 흘리자.
스스로의 감정을 제대로 파악한 뒤, 바꿀 수 있는 것들을 한번 바꿔보는 것도 좋겠지.

"울지 않는 사람의 가슴은 눈물로 가득 차 있다." _ 모리스 샤플란

• 나를 울게 만드는 것은 뭘까?

....

....

• 지금 바꾸고 싶은 것은?

....

....

• 어떻게 하면 바꿀 수 있을까?

....

....

....

....

자유

"자유는 구걸하는 것이 아니라 쟁취하는 것이다."
때로는 제약에서 벗어나 자신에게 자유를 주는 것이 좋아.

• 지금 이 순간 어떤 자유가 주어졌으면 좋겠어?

....
....
....

• 지금 나의 숨통을 트이게 해주는 것은 무엇일까?

....
....

• 지금 나를 속박하는 것은 무얼까?

....
....

• 속박에서 벗어나는 방법은 뭘까?

....
....
....
....

감사

주어진 것에 감사하는 마음으로 하루를 시작해보면 어떨까?
가지지 못한 것에 쓸데없이 불평하지 말고 말이야.
더러운 유리창을 통해 인생을 바라보는 것 같은 불편한 감정과 무미건조함,
뿌루퉁한 마음이 순식간에 사라질 거야.

'감사 훈련'을 시작하기 전에 현재 마음 상태에 점수를 매겨봐. 20점이 만점이야.

_____ / 20점

아침마다 "감사해!"라고 말해보면 어때?

나만의 감사 체크리스트를 작성해봐.

❑ 우주 평화에 감사해

❑ 건강함에 감사해

❑ 편안히 누울 곳이 있는 것에 감사해

❑ 혼자가 아닌 것에 감사해

❑ .... 감사해

❑ .... 감사해

❑ .... 감사해

❑ .... 감사해

일주일간 매일 감사 훈련을 한 뒤, 마음 상태 점수를 다시 매겨봐.

_____ / 20점

인내

"인내란 뿌리는 쓰지만, 매우 달콤한 열매를 맺는 나무다." _ 페르시아 속담

일진이 좋지 않은 날, 의기소침해 하거나 짜증 내지 말고 조금만 참아봐.
그 상황 자체를 인정하는 자세는 역경, 기다림, 실망, 고통, 괴로움 등의
시련을 견디는 데 큰 도움이 되거든.
시간에는 상처를 치유하는 힘이 있어. 때론 강물이 흘러가듯
그냥 내버려 두는 것이 가장 좋은 방법이기도 해.

오늘은 어떤 일에 인내심을 발휘했어?

....
....
....
....

어떻게 하면 인내의 시간을 더 수월하게 보낼 수 있을까?

....
....
....
....

인정

사람은 누구나 인정받길 원하지. 그런데 많은 사람이 '자신은 남에게 인정받지 못한다'고 생각해. 왜 그럴까? 그 이유는 간단해. 대부분은 인정받지 못한 순간만 기억하고 이를 곱씹기 때문이야. 심지어는 인정해주지 않는 상대방을 원망하기도 하지.

만약 사람들이 상대를 인정하고 있음을 적극적으로 표현한다면 세상은 더 따뜻해질 거야.

어떤 사람들은 이 '친절한 표현'이 쓸모없다고 생각해. 하지만 용기를 내어 먼저 표현해봐. 그러면 세상이 어떻게 달라지는지 느낄 수 있을 거야.

주변 사람들에게 인정의 표현을 해봐. 그리고 그들의 기분이나 행동이 어떻게 달라지는지 살펴봐. 마치 마법 같은 상황이 펼쳐질 거야.

- "우리 가족에게 잘해줘서 얼마나 고마운지 그동안 충분히 표현하지 못한 것 같아."

- "용기 있게 이 모든 일을 해내다니 넌 정말 놀라워."

- "아이를 위해 이렇게까지 하다니 정말 대단해."

- "식사에 초대해줘서 고마워. 정말 고생했겠구나."

- "이 집에 얼마나 정성을 많이 들였는지 알겠어. 멋있어."

인정의 표현은 본인에게도 힘을 주지. 스스로에게도 표현해봐.

책임 ─‹‹‹‹‹

자신에게 일어난 문제를 다른 사람이나 환경의 탓이라고 생각하는 것을 그만두면 일상이 완전히 달라지는 놀라운 경험을 하게 될 거야.

책임을 진다는 건, 삶의 진정한 주인이 되어 변화와 발전을 주도하겠다는 뜻이야.

• 이유 없이 남을 비난하거나 탓하는 것을 그만두면 어떤 변화가 생길까?

....

....

• 만화 캐릭터 '투덜이 스머프'처럼 항상 불평하는 버릇을 그만두면 어떻게 될까?

....

....

• 피해자처럼 굴면 마음이 편해져? 기분이 좋아? 그럴 만한 가치가 있을까?

....

....

• 실수를 곱씹는 것을 그만두면 어떤 변화가 생길까?

....

....

• 그저 상황을 참고 견디는 대신에 결단을 내리고 이를 바꾸려고 노력하면 어떻게 될까?

....

....

의미

삶에 의미를 부여하는 것은 과연 무엇일까?
이 질문에 대답하기 어려울 때가 있어. 때로 삶은 우리에게 지쳐 떨어질 정도의
큰 노력을 요구할 때가 있거든. 그럴 때는 항상 본질로 되돌아가 삶의 의미를
생각해보는 것이 좋을 거야.

삶의 의미를 느낄 수 있는 것에 표시를 해봐.

☐ 살아 있다는 것 그 자체

☐ 누군가를 사랑할 수 있다는 것

☐ 누군가와 나눌 수 있다는 것

☐ 인간관계에 최선을 다하는 것

☐ 자기 발전을 위한 노력

☐ 최선을 다해 노력하는 삶

특별한 의미가 있는 것들을 적어봐.

....

....

....

"사는 데 아무런 의미가 없어서 하나쯤 만들어보겠다는데
누가 우릴 막겠어?" _ 루이스 캐럴

지금의 생각을 적어봐.

....

....

미소

미소는 넘칠수록 좋아. 돈 한 푼 들지 않으면서도
삶에 좋은 영향을 미치는 데는 미소만 한 것도 없거든.
주변 사람들뿐만 아니라 지나가는 사람들에게도 말이야.

별로 웃고 싶지 않을 때도 진짜 웃음이 나온다고 생각하고 미소를 지어봐.
그러면 뇌에 그대로 메시지가 전달되어 실제로 기분이 좋아질 거야!
당연히 다른 사람들에게도 그 기분이 전달되겠지?

명상하기

"미소는 전기보다 값이 싸지만,
그만큼 많은 빛을 발산한다." _ 아베 피에르

미소 짓게 하는 아름다운 추억들을 떠올려 적어봐.

• 자신을 미소 짓게 했던 일

....

....

....

• 남을 미소 짓게 했던 일

....

....

....

커뮤니티

가끔 외롭다거나 세상과 단절됐다고 느낄 때가 있지 않아?
그럴 때일수록 커뮤니티에 관심을 가져보면 좋아. 커뮤니티는
우리가 '전체'의 일부라고 생각하게 만들어주지. 명상을 통해서
세포처럼 무한히 작은 것과 우주처럼 무한대로 큰 것을 차례로 상상해봐.
그리고 자신을 '우주'라는 커뮤니티의 일부로 인식하는 거지.
일상을 함께 나눌 수 있는 커뮤니티를 형성하는 것도 좋은 방법이야.
활발히 교류하고, 관계를 형성하고, 결속력을 다지고, 함께 공감하면서 말이야.

주위를 순환하는 에너지와 수많은 삶을 느껴봐. 모든 존재는 관계를 맺고 있고
원하든 원하지 않든 서로의 삶에 영향을 끼치고 있음을 알 수 있을 거야.

혼자를 '우리'로 묶어줄 커뮤니티를 만드는 방법에는 무엇이 있을까?

말

말이 생각의 흐름에 영향을 미친다는 데는 이견이 없을 거야.

부정적인 말 한 마디가 마음에 영향을 미쳐서 사물의 나쁜 면만 바라보게 만들 수도 있어.

적절치 않은 반어적 표현도 마찬가지야. 비꼬는 의미가 되기도 하거든.

반대로 긍정적인 말은 긍정적인 시각을 가질 수 있도록 도와주지. 긍적적인 말은

우리 마음에 건강한 정신과 뜻한 바를 실천할 수 있는 자신감과 힘을 심어줄 거야.

말하기에도 약간의 훈련이 필요해.

☹   ☺

• "나쁘진 않아요."   "흥미로워요."

• "이건 싫어요."   "저게 마음에 들어요."

• "재능이 없어요."   "배우는 중이에요."

• "두려워요."   "자신감을 키울래요."

☹ ....

☺ ....

☹ ....

☺ ....

☹ ....

☺ ....

☹ ....

☺ ....

와우!

인생에서 "와우!" 하고 외칠 만큼 크게 감동하고 기뻤던 기억을 생각해봐.
그리고 그 순간 하나하나를 소중히 간직하고, 앞으로도 가능한 한 자주 떠올려.
그러면 마음이 더욱 단단해지고, 삶을 바라보는 '긍정의 필터'가 될 거야.

• "와우!" 했던 순간 하나

....

....

• "와우!" 했던 순간 둘

....

....

• "와우!" 했던 순간 셋

....

....

• "와우!" 했던 순간 넷

....

....

• "와우!" 했던 순간 다섯

....

....

Note

Chapter 3

사회 생활

수용

삶의 규칙을 순리대로 잘 따르다 보면, 롤러코스터 같은 삶의
굴곡이 조금은 완만해질 거야. 우리의 삶은 행복과 불행이 늘 공존해.
그래서 좋은 시기도 있고, 나쁜 시기도 있지. 보다 행복한 삶을 위해서는
불행을 바라보는 시각을 바꿔 불행의 순간마저도 자연스레 받아들일 줄 알아야 해.
"그래, 그럴 수 있어"라는 마음가짐을 가져봐.

아르노 데자르댕의 철학을 일상에 적용해보는 것도 좋지.
"마주하는 모든 순간을 도전과 기회로 여겨라!"

하루를 좋게 시작하는 한 줌의 지혜

"내가 바꿀 수 없는 것이라면 받아들이는 평온을,
바꿀 수 있다면 바꾸는 힘을, 그리고 그 차이를
분별하는 지혜를 허락하소서." _마르쿠스 아우렐리우스

수용에 대한 생각을 적어봐.

....

....

....

....

....

....

....

....

친구

친구란 같이 있으면 힘이 되는 존재야! 돈독한 우정을 유지하는 비결은 뭘까?
관계가 소원해지게 내버려 두는 것은 좋지 않아. 고립은 누구에게도 이롭지 않거든.
서로 의지하고, 삶의 중요한 순간을 함께하고, 다름 속에서 배움을 얻고,
경험을 공유할 만한 친구가 있다는 건 얼마나 소중한지 몰라.

우정의 방해물이 무엇인지 알아? 무관심, 타성, 귀찮음, 부족한 관용이야.
이 세상에 완벽한 사람은 없어. 내가 그렇듯 다른 이에게도 결점은 있는 법이거든.
친구를 있는 그대로 받아들이고, 그만의 진가를 인정하려고 노력해보면 좋겠지?

만약 오늘 누군가에게 전화한다면?

친구의 이름을 적어봐.

이름/연락처 ....

이름/연락처 ....

이름/연락처 ....

이름/연락처 ....

즐거움

인생을 비극이라고 치부해버리면 삶이 쉬워질까? 아니, 절대 그렇지 않아.
대신 인생을 조금 덜 심각하게 받아들여 보는 건 어때?
더 나아가 인생이 즐겁다고 생각해보는 건?
자신이 무엇에 열광하는지, 무엇에 전율하는지 생각해봐.
아이의 마음으로 돌아가서 일상을 좀 더 가벼운 마음으로 즐겨보자고!

나의 꿈을 과감히 실현해봐!

어떻게 하면 삶이 더 즐거울까?

- 가족과 더 많은 시간 보내기
- 친구들과 더 자주 어울리기(카드 게임, 보드 게임 등)
- 사랑하는 사람에게 깜짝 선물 하기
- 그 밖의 아이디어

....
....
....
....

즐거움을 느낄 수 있는 재미있는 계획을 세워봐.

....
....
....
....

포옹

포옹으로 세상을 대하면 자신에게 일어나는 모든 것을 바라보는
시선도 바뀔 거야. 포용은 상대의 단점을 꼬집어 비판하고자 하는 마음을
누구러뜨려 이해하고 수용하는 넉넉한 마음을 말해. 포용의 자세는 타인의
행동 때문에 생기는 짜증과 괴로움을 한층 줄여줄 거야.

유난히 짜증이 나는 상황을 적어봐.

(가족이 원인인 경우)

....

....

(친구나 동료가 원인인 경우)

....

....

(낯선 사람이 원인인 경우)

....

....

포용으로 세상을 대할 때 어떤 변화가 생길까?

....

....

....

....

결심

실천할 수 있는 힘을 가지려면 먼저 결심을 굳건히 다지는 작업이 필요해.
이루고 싶은 일, 결심이 필요한 일을 적어봐. 그리고 최대한 구체적으로 그 일을
이뤄낸 뒤의 자신의 모습을 상상해봐. 이것은 결심을 굳건히 하고 지켜낼 수 있는
충분한 동기가 될 거야. 결심이 흔들릴 때마다 최종 목표, 변화·발전의 이점,
성공했을 때의 희열 등을 떠올리자.

인생에 독이 되는 것들 적어보기	변화의 결심 정도
....	0 1 2 3 4
....	0 1 2 3 4
....	0 1 2 3 4
....	0 1 2 3 4
....	0 1 2 3 4
....	0 1 2 3 4

나의 결심을 강력하게 만들어주는 '당근'은 뭘까?

....

....

....

....

....

경이로움

어릴 적 기억을 더듬어보면 주변의 모든 일이 신기하고 놀라웠지.
하지만 어느 순간부터 신기하거나 놀라운 것, 궁금한 것이 점점 없어졌어.
세상이 변했다고 생각했지만 사실은 내 감정이 점점 무뎌지고 있었던 거지.

어떻게 보면 매사에 경이로움을 느끼는 것은 아이들만의 능력이었을지도 몰라.
이 능력을 되찾을 수 있다면 얼마나 좋을까! 방법이 없는 건 아니야.
지금부터 당장 아이들이 어떻게 생활하고 움직이는지 관찰해봐.
아이들의 시선을 좇다보면 생활 곳곳에서 다시금 경이로움을 느낄 수 있을 거야.

모든 일에 경이로움을 느끼는 능력을 되찾으려면 어떻게 해야 할까?

....

....

....

....

....

아이의 시선으로 돌아가 경이로움을 느끼고 싶은 것을 적어봐.

....

....

....

....

....

공감

공감이란 타인의 입장에서 그의 감정을 함께 느끼는 능력이야.
상대에게 공감할 수 있는 지름길은 상대방의 입장이 되어보는 것이지.
그러면 상대방의 상황과 시각을 이해하기가 훨씬 수월할 거야. 또 쓸데없고
비생산적인 사소한 분노가 어느새 수그러드는 걸 느낄 수 있을 거야.

공감하기 어려운 상대는?

❑ 배우자 또는 애인

❑ 자녀

❑ 부모님

❑ 동료

❑ 기타 ....

내가 짜증을 낼 때 상대는 어떤 기분일까?

....

....

....

상대에게 공감하며 대화할 때 나는 무엇을 얻을 수 있을까?

....

....

....

....

이타심

이타심이란 계산 없이 타인을 위하는 마음을 말해.

정말 아무런 대가도 바라지 않지. 그러려면 먼저 '주는 만큼 받아야 한다.'는
사고에서 벗어나야 해. 이타심을 가지면 가질수록 타인에게 실망하는 일이
점점 줄어들거야. 대가를 바라지 않는 마음이기 때문에 상대의 태도 때문에
마음을 다치는 일이 없을 테니까.

진정한 이타심은 관대함에서 시작하고, 겉으로 드러나지 않는 경우가 더 많아.
호세 나로스키의 말처럼 드러나지 않는 관대함이 더욱 클 테니까.

"자신의 관대함을 감추는 자는 그보다 두 배로 더 관대한 사람이다."

세상 모든 사람이 관대할 수는 없어. 그러려면 사리사욕이 없어야 하거든.
하지만 관대한 사람, 이타심을 가진 사람은 큰 행복을 얻게 되지. 바로 좋은 일을
했다는 만족감이야. 감사의 미소, 아이들의 행복한 눈빛, 따뜻하게 마주 잡은 손 등
세상 그 어떤 보물과도 비교할 수 없는 것들을 가질 수 있어.

현재 내 이타심의 수준을 1에서 10까지 점수로 매겨봐.

☐ 1   ☐ 2   ☐ 3   ☐ 4   ☐ 5   ☐ 6   ☐ 7   ☐ 8   ☐ 9   ☐ 10

지금 당장 아무런 대가도 바라지 않고 무엇을 베풀 수 있을까?

• 배우자 또는 사랑하는 이에게 ....

• 자녀에게 ....

• 지인에게(가족이나 친구) ....

• 대의를 위해 ....

• 기타 ....

지혜

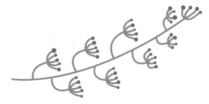

마음의 지혜, 상황에 맞는 지혜

모든 사람이 서로 양보하고 조화롭게 살아간다면 세상은 지금보다 훨씬 좋아질 거야.
이때 필요한 '마음의 지혜'란 타인의 행동에서 행간을 읽고, 다른 사람을 이해하고,
경청하는 자세와 동정심을 기르는 것을 말해.
사람은 이해받았다고 느낄 때 자신도 최대한 내어주려고 하거든.
이렇게 우호적인 분위기에서는 언제나 해결책이 존재하기 마련이지.

마음의 지혜에 반하는 다음의 행동은 과감히 버리자.

• 다른 사람을 압박하는 행동

• 타인에게 폭력을 일삼는 행동

• 비방하고, 헐뜯고, 평가하는 행동

• 타인을 무시하거나 무관심하게 대하는 행동

• 기타 ....

....

주변 사람들과 조화롭게 살아갈 수 있는 지혜를 적어봐.

....

....

....

....

직감

작게 속삭이는 내면의 소리에 귀를 기울여봐. 선택의 갈림길에서 유용한 가이드가
되어줄 거야. 이 소리에 집중하려면 이성과 현실적인 계산에서 잠시 벗어나야 해.
직감에 귀를 기울인다는 것은 마음속 깊은 곳에 자리한 욕망의 소리를
듣는 것과도 같거든. 자신에게 잘 맞고 유익한 것을 향해 나아갈 수 있게 될 거야.
그리고 직감적으로 아니라고 생각되는 상황이 닥치면 단호히 거절해!

직감을 발동시키는 방법

1. 첫인상을 기억해 　나중에 내가 느낀 첫인상이 맞았는지 확인해봐.

2. 소소한 선택은 본능에 맡겨 　레스토랑, 옷차림, 휴가지 선택 등.

3. 머리를 잠시 쉬게 해봐 　요가, 명상 등 몸에 집중함으로써 마음이 고요해지는 훈련을
   해보는 거야. 모든 것을 통제하려고 하지 말고!

4. 직감에 의지해 　문제의 해결책을 찾고 싶으면 모든 것을 직감에 맡기고 편하게 기다
   리면 돼. 그러면 대부분의 경우, 아이디어가 저절로 떠오를 거야!

직감대로 행동해서 만족할 만한 결과를 얻었던 적이 있는지 적어봐.

....

....

....

....

....

마음

생각이 마음에 얼마나 많은 영향을 미치는지 알아야 해.
내 생각의 주인은 누구일까? 바로 나 자신이야!
생각들은 내가 만들어내는 사건들과 현실의 이미지를 구축하거든.

생각을 바꾸면 현실도 따라 바뀔 거야.
에크하르트 톨레가 《지금 이 순간을 살아라》에 썼듯이
나 자신이 평온하지 않으면 마음이 매우 시끄러워져.

마음을 평온하게 만들려면 어떻게 해야 할까?

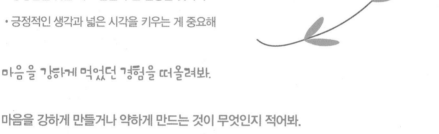

- 자신을 괴롭게 만드는 모든 것을 글로 적으며 머리를 비워봐
- 평정심을 갖는 데 도움을 주는 활동을 찾아봐
- 긍정적인 생각과 넓은 시각을 키우는 게 중요해

마음을 강하게 먹었던 경험을 떠올려봐.

마음을 강하게 만들거나 약하게 만드는 것이 무엇인지 적어봐.

....

....

....

....

....

활동

마음이 울적할 때는 몸을 움직이는 게 좋아. 산책도 좋은 방법이지.
2박자 리듬에 맞춰 걷다 보면 마음이 편안해질 거야.
자신의 호흡에 집중해봐. 생명의 숨결을 느껴보는 거야!

막막한 상황에 놓였다고 무기력하게 있지 마. 무슨 생각이든 떠오르는 대로
가감 없이 모두 적어봐. 그리고 이 중 하나를 골라서 괜찮은지 묻지도
따지지도 말고, 무조건 해보는 거야.

중요한 것은 일단 무엇이든 행동으로 옮겨야 한다는 거야.
작은 활동이 큰 결과를 가져올 수 있어!

무언가 다른 사람과 함께할 활동을 생각해보면 어떨까?

• 가벼운 파티 열기

• 사람들과 즐겁게 운동하기

• 문화 행사를 제안하기

• 그 밖의 아이디어 ....

....

적극적인 활동이 어떤 이점을 가져오는 것 같아?

....

....

....

....

....

....

본성

행복한 삶의 비결 중 하나가 내면의 본성을 온전히 수용하는 거야.
'나는 왜 이럴까'라며 자책하지 마. 다른 사람을 따라 하려 애쓰지도 마.
한마디로 자신을 존중하라는 뜻이야.

자신의 강점과 약점을 있는 그대로 인정하고 처해진 상황에서 최선을 다해
발전하려고 노력하는 거야. 어떤 선택을 해야 할 때는 본성을 고려하는 것이 좋아.

자신의 진짜 본성(강점과 약점)을 적어봐.

• 강점 ....

....

....

....

....

• 약점 ....

....

....

....

도전

"행운은 용기 있는 자에게 미소를 보낸다."
열정을 다해 대담하게 꿈에 도전해봐. 용기를 냈다고
손해 볼 게 뭐가 있겠어? 작은 일부터 시작해봐.

이번 주엔 무엇에 도전을 해볼까?

☐ 먼저 다가서기 ☐ 속마음 털어놓기

☐ 직접 부탁하기 ☐ 싫다고 말하기

☐ 좋다고 말하기 ☐ 기타 ....

대담하게 도전했던 순간들을 적어봐.

....

....

....

....

....

그 경험을 통해 무엇을 얻었어?

....

....

....

....

....

....

마음 열기

마음을 연다는 건 '나와는 다름'을 용납하는 기술이야.
다른 사람과 사물을 있는 그대로 수용할 수 있는 태도를 보이는 기술.
또한 호기심을 기르고 새로운 것을 경험할 준비가 되어 있음을 의미하기도 해.

마음을 열면 새로운 기회가 생기고, 여러 가지 면에서 많은 것을 얻을 수 있어.
그러기 위해서는 선입견과 편견을 없애는 것이 중요해.
사람, 장소, 문화에 대한 나의 인식은 과연 공정할까? 잘 알다시피 사람들은
경험해본 적 없는 것을 두려워해. 하지만 마음을 연다는 건, 잘 모르는 길도
기꺼이 가보겠다는 것이지. 물론 얼마든지 두려워해도 돼.

자신의 한계를 파악하고 인정하는 순간, 두려움 따윈 충분히 극복할 수 있을 테니까.
그리고 그 새로운 길을 찾으면 '안락지대'를 넓힐 수 있지.

• 마음을 열기 어렵게 하는 것이 있어?

....

....

• 마음의 선입견과 편견을 어떻게 없앨 수 있을까?

....

....

• 무엇을 탐험하고 또 발견하고 싶어?

....

....

자세

몸과 마음의 자세는 상황에 대처하는 능력이나 방법을 완전히 뒤바꿔 놓을 수 있어.

명상하기

"인생이란 무언가에 도전하고, 행복을 누리고,
모험을 시도하는 것이다." _ 테레사 수녀

- 몸 보이지 않는 끈이 위로 잡아당기는 것처럼 몸을 곧추세우자.
  어깨에 힘을 빼서 자연스럽게 내리고 얼굴에는 미소를 지어.
  그리고 근육의 긴장을 풀고 깊게 호흡해.

- 마음 긍정적인 생각, 낙관적인 사고, 사랑·연민·평화의 마음을 키우자.

평소 나는 어떤 자세일까?

....

....

....

....

....

자질

싱싱한 삶의 비결 중 하나가 바로 자존감이야. 자존감을 높이려면 자신의
특성을 제대로 파악하여 좋은 자질을 개발하는 것이 중요해. 아마도 아직 자신의 자질을
완전히 파악하지 못했을 거야. 매일 조금씩 자질을 개발할 방법을 생각해보면 어때?

내게 가장 잘 맞는 특성을 찾아봐.

• 호의적이다	• 효율적이다	• 자제력이 강하다	• 강인하다
• 야심이 있다	• 공감력이 뛰어나다	• 체계적이다	• 책임감이 강하다
• 자율성이 높다	• 참을성이 있다	• 의욕이 높다	• 엄격하다
• 대담하다	• 활력이 있다	• 관찰력이 좋다	• 잔꾀가 많다
• 모험심이 강하다	• 단결력이 강하다	• 고집이 세다	• 세심하다
• 차분하다	• 신의 있다	• 낙관적이다	• 진지하다
• 용기가 있다	• 사고가 유연하다	• 정리정돈을 잘한다	• 친절하다
• 협조적이다	• 솔직하다	• 독창적이다	• 사교적이다
• 자신감이 높다	• 관대하다	• 개방적이다	• 한결같다
• 창의적이다	• 정직하다	• 인내심이 깊다	• 즉흥적이다
• 헌신적이다	• 상상력이 풍부하다	• 끈기가 있다	• 안정감을 중요시한다
• 꼼꼼하다	• 독립적이다	• 예의 바르다	• 전략적이다
• 외향적이다	• 혁신적이다	• 다재다능하다	• 집요하다
• 직선적이다	• 지적이다	• 성실하다	• 이해심이 깊다
• 질서의식이 강하다	• 직관적이다	• 정확하다	• 근면하다
• 조심성이 많다	• 쾌활하다	• 신중하다	• 적극적이다
• 온화하다	• 공정하다	• 호전적이다	• 활달하다
• 역동적이다	• 리더십이 있다	• 조신하다	• 대범하다

자신의 자질을 실제 상황에서 발휘했던 기억을 떠올려봐.
(용기, 대범, 이해, 끈기 등을 보여줬던 사례)

낙관

낙관은 아무리 암울한 상황에서도 긍정적인 면을 찾으려는 자세를 말해.
어떻게든 일이 잘 해결되리라는 '믿음'을 갖는 거지.

스스로를 믿고, 자신의 잠재성을 믿어봐. 그리고 세상도 한번 믿어보면 어때?
물론 낙관주의가 모든 것을 해결해주지는 않아. 낙관주의는 그저 어떠한 상황을
긍정적인 자세로 침착하게 처리하려는 삶의 자세일 뿐이야. 하지만 스스로를
경직시키는 불안감을 떨쳐내기엔 충분하지.

명상하기

"비관주의자는 기회를 난국으로 만들고,
낙관주의자는 난국을 기회로 만든다."
_ 해리 트루먼

필요할 때마다 다음의 문구를 반복해서 읊어봐.

"나는 나 자신과 세상을 믿는다.
절대 피하지 않는다. 다시 비상하기 위해서!"

낙관적인 문구를 만들어봐.

....

....

....

....

....

....

유연성

새가이 유연한 사람은 문제를 해결하겠다고 무조건 정면으로 돌진하지는 않아.
잘못하면 더 거센 저항과 대립이 뒤따를 수 있거든.

유연성을 발휘하면 오히려 더 좋은 길을 찾고, 더 쉬운 해결책을 마련할 수 있어.

유연성을 기르려면

• 다른 사람의 관점에서 생각해

• 열린 마음과 연민을 가져

• 어려움에 직면했을 때 창의력을 발휘해서 다양한 해결책을 찾아

• 문제를 해결하겠다고 무조건 정면돌파하려 하지 말고 돌아가는 지혜도 생각해봐

• 막다른 길에 다다랐을 때는 문제를 잠시 내려놓고 시간을 두고 다시 생각해

• 그동안 해왔던 방법을 바꿔봐

• 기타 ....

유연성이 부족해서 문제가 됐던 경험이 있다면 적어봐.

직장에서? 가족 관계에서?

....

....

....

유연성을 발휘한 덕분에 성공했던 경험이 있다면 적어봐.

....

....

....

관용

모든 사람이 서로에게 조금만 더 관용을 베풀어 이해하고, 존경한다면
세상이 더 부드러워지지 않을까?

언제 관용이 필요할까?

☐ 사람들이 느리게 행동할 때

☐ 사람들이 일을 못 할 때

☐ 사람들이 짜증을 낼 때

☐ 사람들이 나쁘게 행동할 때

관대하지 못했던 경험이 있으면 적어봐.

....

....

....

위와 같은 상황에 다시 처했을 때 관용을 베푼다면 어떤 좋은 변화가 생길까?

....

....

....

....

....

....

투엑스라지 XXL

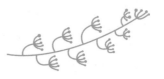

너 많이 사랑하고, 더 많이 겪어하고, 더 과감하게 도전해봐.
그래야 자신의 그릇을 키울 수 있고, 그에 걸맞은 행동을 할 수 있지.
인색하게 굴지 말고, 통 크게 생각해! 그리고 세상을 넓게 바라봐!

가까운 시일 내에 인심을 베풀 기회를 어떻게 하면 마련할 수 있을까?

....
....
....
....

현재 가진 계획 중에서 규모를 키워보고 싶은 것은?

....
....
....
....
....

고추냉이

혹시 초밥의 풍미를 살리는 고추냉이를 좋아한다면, 삶의 풍미를
높여줄 나만의 고추냉이도 한번 만들어보는 것이 어떨까?

어떻게 하면 삶에 '고추냉이'를 더할 수 있을까?

· 자신을 돋보이게 할 멋진 옷을 사봐. 어떤 것을 사고 싶어?

....

....

· 주변 사람을 위해 마법 같은 깜짝 이벤트를 준비해봐. 누굴 위해 준비해볼까?

....

....

· 평소에 해보지 못했던 일을 과감히 실행해봐. 당장 떠오르는 걸 적어봐.

....

....

· 그 밖의 아이디어

....

....

....

Chapter 4

건강

평정심

마음이 불안하고 복잡하면 아무 일도 손에 안 잡히지,
일상이 개선되길 바란다면, 내적 평정심을 기르는 법을 배워야 해.
내적 평정심을 기르기 위해서 무엇을 해야 할까?

다음의 활동이 나를 얼마나 평온하게 만드는지 엄지 척 이모티콘 개수로 나타내봐.

- 호흡 가다듬기 👍 👍 👍 👍 👍
- 명상하기 👍 👍 👍 👍 👍
- 그림 그리기 👍 👍 👍 👍 👍
- 기도하기 👍 👍 👍 👍 👍
- 독서/글쓰기 👍 👍 👍 👍 👍
- 수영/조깅/걷기 👍 👍 👍 👍 👍
- 묵상하기 👍 👍 👍 👍 👍
- 정원 가꾸기 👍 👍 👍 👍 👍
- 따뜻한 물로 목욕이나 샤워하기 👍 👍 👍 👍 👍

평정심을 갖는 데 도움이 될 나만의 방법을 더 적어봐.

....

....

....

....

자신감

불안이 문제를 해결하는 데 도움이 될까?
아니야. 다양한 상황에 대처하는 가장 좋은 방법은 언제든 내면의 힘을
끌어낼 수 있도록 단련시키는 거야. 마음속 깊은 곳의 생각이 정신에
엄청난 영향을 미친다는 사실을 반드시 기억해. 스스로를 믿어봐.

자신감을 키우는 나만의 주문을 만들어보면 어때?

짧고 긍정적이면서 현재 시제로 된 문장을 생각해봐.
특히 발음 나는 대로 읽었을 때 소리가 기분 좋게 들리는 것이 좋아.
주문의 의미가 마음속 깊이 새겨지도록 열 번 정도 반복해서 적어봐.
예를 한번 들어볼게.

"난 나 자신을 믿고, 내가 성공할 것을 믿어!"

....

....

....

....

자신감이 떨어지고 스트레스가 쌓일 때마다 눈을 감고 주문을 되뇌어봐.
주문이 마음에 평온을 주고 먹구름 같은 어두운 생각을 쫓아줄 거야.

찡그린 얼굴을 펴고, 근육의 긴장을 풀고,
깊고 부드럽게 호흡하며 주문의 효력을 느껴봐.

순환

삶이 모든 것은 순환하기 마련이지. 이것이 바로 그 유명한
'무상의 법칙'이야. 영원한 것은 없다는 뜻이지. 행복도, 불행도 말이야.
이런 순환의 이치를 마음속 깊이 새겨두면 힘든 시기를 좀 더 쉽게 받아들일 수 있어.
나쁜 일 뒤엔 언젠가 좋은 일이 따라온다는 사실을 믿기 때문이지.
여기서 '인생사 새옹지마', '비 온 뒤에 땅이 더 단단해진다'는 표현도 생긴 거야.

계절의 순환, 행성들의 주기, 생애 주기 등 모든 것은 끊임없이 움직이고 진화해.
그런데 시간과 공간에 구애받지 않고 영원히 변하지 않는 것이 있어.
바로 내적 자아, 즉 정신이야. 이 새로운 차원의 의식에 도달하고 싶다면,
성현의 가르침이나 명상 또는 종교 교리에 관심을 가져봐.

삶의 순환을 생각하게 만드는 것에는 무엇이 있을까?

....

....

....

....

....

....

자각

과거를 곱씹고 미래를 걱정하는 건 실망과 고통만 안겨줄 뿐이야.
그러지 말고 이제부터 현재를 한껏 느끼면서 살아보면 어때?
바로 지금, 현재에 완전히 몰입하는 거야.

지금 당장 오감을 총동원해서 온몸의 감각을 느껴봐.

그러면 현실을 더 깊게 자각하게 될 거야.
자신의 일상을 자세히 들여다봐. 샤워할 때, 식사할 때 또는
걸음을 옮길 때······, 그런 평범한 일상생활을 말이야.

구체적인 상황들을 떠올려봐.

• 호흡을 의식해본 적 있어?

• 주변의 소리를 의식해본 적 있어?

• 시야에 펼쳐지는 것들을 세세하게 관찰해본 적 있어?

• 무언가 만질 때 느껴지는 촉감을 의식해본 적 있어?

현재에 몰입해보니 어때?

감정

어떤 감정도 두려워하지 마. 감정은 '마음의 날씨'를 알 수 있는 정말 훌륭한
측정계니까 말이야. 특정한 상황에서 지금 무엇을 느끼는지 인식할 수 있는 것도
모두 감정 덕분이야. 모든 감정은 저마다의 쓰임새가 있어.
두려움은 스스로를 보호하고, 분노는 자신을 방어하며 한계선을 정해.
슬픔은 애도를 표하고 부족함을 인지하게 해주며, 기쁨은 축하하는 데 필요하지.

감정을 느끼고 표현할 수 있다는 건 정말 굉장한 일이야! 하지만 종종 자신의
감정을 무시하거나 숨기려다가 결국엔 몸과 마음의 병을 얻기도 하니 조심해야 해.
감정은 뒤틀리거나, 넘치거나, 상황에 맞지 않을 때 '부정적'으로 변해. 또 과거나
어린 시절에 겪었던 경험으로 부정적 심리 도식이 만들어지는 경우도 많아.
사람의 감정을 잘 이해하고 교감하는 능력(정서지능-EQ)은 해로운 감정이
범람하는 것을 막아주고 좌절과 실패를 낙관적으로 극복하는 힘을 주지.

부정적인 감정을 어떻게 받아들이고, 또 어떻게 헤쳐 나가야 할까?

• 부정적인 감정이 생겼을 때 어떤 신체적 증상이 느껴진다면 함께 적어 봐.

• 이 느낌을 구체적인 단어로 표현한다면?

....

....

....

• 여러 감정이 혼합된 경우 이를 구별할 수 있어?(예: 분노 뒤에 슬픔이 감춰진 경우)

....

....

....

• 이 감정을 중립적이고 객관적인 시선으로 바라볼 때 어떤 일이 생길까?

....

....

....

• 이런 상황에서는 무엇이 필요할까?

....

....

....

• 이 감정이 어린 시절이나 과거의 특정한 기억을 떠오르게 하니?

....

....

....

에너지

좋은 에너지를 발산하는 것은 자신에게도 상대에게도 정말 도움이 되지.
그렇기 때문에 자신의 생체 에너지를 강화하고 관리할 일 일이야 해.
특히 일상의 고민이나 스트레스 때문에 에너지를 낭비하는 일이 없도록 말이야.

어떤 활동을 했을 때 에너지가 생기니?

....

....

....

에너지가 생기는 활동을 충분히 하고 있어?

☐ 그렇다 ☐ 아니다 ☐ 적당히

에너지가 떨어지게 만드는 요인에는 무엇이 있을까?

....

....

....

나의 에너지를 빼앗아가는 사람이 누군지 생각해보고, 이렇게 말해봐.

• "그만!" 부정적인 말을 쏟아내는 사람에게 그만하라고 말해.

• "싫어!" 부드러우면서도 단호하게 싫다고 말해. 입장을 명확하게 밝혀야 해.

특히 가까운 사람에게는 '이러면 서로 힘들다'고 설명한 뒤, 에너지의 근원을 되찾는 데
도움이 되는 활동을 함께하자고 제안해봐. 서로 '연결'되어 있음을 느끼게 해주는 포옹이
나 스킨십을 하는 것도 좋은 방법이야.

마음에 병이 든 사람이 자신의 소중한 에너지를 '흡수'하게 내버려 두지 마.
'구원자' 역할을 하려고 하지 말고, 그 사람의 말을 들어주고 감정의 동요를
제어해줄 수 있는 전문가에게 데려가도록 해. 그것이 훨씬 더 효과적일 거야.

그리고 정말로 '독이 되는' 사람을 만나면 최대한 거리를 두는 게 좋아.

명상하기

"자신을 지배하는 자가 세계를 지배하는 자보다 위대하다." _ 석가모니

에너지를 북돋고 균형을 찾게 도와주는 기술을 체험해봐.

- 마사지 마사지는 혈액과 림프액의 흐름에 도움을 주어 신진대사를 원활하게 하고,
  근육을 이완시켜주지. 또 신경을 자극해 신경조직을 활성화시켜 몸과 마음을 조화롭
  게 만드는 역할을 하지.

- 침 치료 혈점 자극으로 인체의 기혈을 조절하여 면역력을 높여주고 신체를 건강하게
  만들어주지.

- 기(氣) 치료 신체 에너지의 중심을 되찾아 조화롭게 만들어주는 자연 치료법이야.
  긴장을 풀어주고 심신의 막힌 부분을 뚫어주며, 온몸의 장기를 튼튼하게 만들어줘.
  또한 깊은 휴식을 통해 활기를 되찾는 데 도움을 주지.

- 지압 몸의 피로를 풀어주기 위해 손과 손가락으로 전신을 누르는 기법이야.
  호르몬계, 신경계, 장기의 기능을 회복시키는 데 효과가 있어.

긴장 풀기

배우에도 몇 번씩 몸이 긴장을 풀어줘야 한다는 사실을 알고 있니?
온몸의 긴장을 이완시키는 데 집중해봐. 발목, 무릎, 허리, 손목, 머리, 어깨를
풀어주는 동작들을 통해서 근육을 풀어주는 '이완의 시간'을 가져보면 어때?

수축 – 이완 동작 얼굴을 포함한 온몸의 근육을 몇 초간 수축시켰다가 단번에 힘을 푸는
동작이야. 이때 얼굴도 제대로 찡그렸다 펴줘야 해!

릴랙스 요법 욕심을 내면 무리하게 되고, 힘들면 점점 하기 싫어지니까 천천히 해야 해!

매일 5~10분씩만 투자해봐.

1. 눈을 감고 바닥에 똑바로 눕는다. 손바닥은 하늘을 향하게 하고 두 발은
   바깥으로 자연스럽게 벌어지게 한다.
2. 명상에 어울리는 음악을 튼다(되도록 음악을 틀길 권해).
3. 촛불이나 향을 피운다(초나 향이 있으면 훨씬 좋아).
4. 숨을 천천히 깊이 들이마신다(이때 복부가 작은 풍선처럼 부풀 거야).
5. 숨을 천천히 길게 내쉰다(깃털을 불어서 멀리 날린다고 상상해봐).
6. 아름다운 풍경을 상상하며 세세한 부분까지 머릿속에 그려본다.

요즘은 명상이나 요가할 때 들으면 좋은 음악앱이 많이 나와 있어.
음악과 함께하면 마음이 정말 편안해져.

• 긴장이 풀리는 느낌이 어떤지 적어봐.

....
....
....
....

배출

좋지 않은 감정과 근심을 마음에 담아두는 것은 절대 좋지 않아.
자신의 감정을 표현할 기회가 있다면 절대 놓치지 말고 적극적으로 표출하는 게 좋아.
표출하지 못한 감정은 결국 마음속에 응어리로 남게 돼.

심리적인 문제가 신체적인 증상으로 나타날 수 있어. 이걸 피하려면 어떻게 해야 할까?

• 글을 적어봐. 자신의 감정을 가감 없이 써보는 거야.

• 그림을 그려. 아무것도 비판하지 말고 말이야.

• 말을 해. 가족, 친구, 전문가에게 이야기해보는 거야.

• 표출해봐. 연극, 마임, 노래 등으로 감정을 표출하는 거야.

자신만의 배출구는 무엇인지 적어봐.

....

....

....

....

오늘 하루만이라도 아래 빈칸을 배출구로 삼아보자. 마음에 담아둔 것들을 비워내듯 적어봐.

....

....

....

....

느림

스스로 속도를 조절할 수 있다는 건 매우 중요해. 우리는 귀중한 것들을 그냥 지나치면서 숨 가쁘게 살아가고 있잖아. 하지만 시간을 내서 아주 세밀한 시선으로 늘여나보고, 그 숨소리에 귀를 기울여봐. 무언가를 하려 하지 말고, 그냥 그 자리에 있는 거야. 속도를 늦춘다는 것은 무기력해지는 게 아니라, 동요했던 상태에서 벗어나는 거야.

느림을 느껴볼 준비가 됐어?

- A. "그럼, 물론이지! 나에게 큰 도움이 될 거야!"
- B. "어휴, 느림을 느끼라니! 지루할 것 같은데……."
- C. "절대 안 돼! 지금 달리는 것을 멈추는 날에는……."

혹시 B나 C처럼 대답하고 있어? 회의적인 생각이 들어도 일단 시도해봐.

- 빠르게 사는 사람들 관찰하기
(예: 지하철역에서 뛰는 사람, 운전하며 화장하는 사람, 마트 계산대로 돌진하는 사람 등)

- 이런 사람들을 관찰해보니까 어떤 생각이 들어? 혼란스럽고 짜증이 나는 상황으로 자신을 몰아갈 필요가 있을까? 그들이 어떻게 하면 좋을 것 같아?

느림을 느끼기 위한 몇 가지 아이디어

- 평소보다 느리게 먹기

- 잠시 공원에서 주변을 감상하기

- 평소보다 15분 일찍 출근하기

- 텔레비전 없이 저녁 시간 보내기

- 주말에 하루쯤은 시계를 숨기고 아무 계획 없이 지내기

느림을 경험하고 느낀 점을 적어봐.

....

....

....

....

....

....

....

....

....

....

낮잠

고단 일기교 지친 상페에서 합기를 되찾는 데는
짧은 낮잠만큼 좋은 게 없어!

그러니까 주저 말고 10~30분만이라도 꿈나라로 떠나보자!
포근한 이불 속에서 온몸의 근육이 스르르 풀리는 걸 느낄 수 있을 거야.
근육의 이완을 느끼며 얼굴에 미소를 띤 채로 깊고 편안하게 호흡을 해봐.
분명 새로 태어난 것 같은 느낌이 들 거야!

이 감미로운 느낌을 글로 써보고, 마음속에도 깊이 새겨두자.

....

....

....

....

....

....

....

....

....

....

호흡

호흡은 외부의 자극에 휘둘리지 않고 스스로를 다스리는 데
필요한 최강의 무기야. 때때로 자신의 호흡을 의식해봐.

눈을 감은 채로 깊고 느리게 호흡해봐. 그리고 잠시 두 박자 동안
숨을 멈추었다가, 여덟 박자를 세면서 소리 없이 천천히 숨을 내쉬는 거야.
평화, 사랑, 호의 등 마음이 편안해지는 단어들을 떠올려도 좋아.
아니면 평온한 마음을 갖게 도와주는 색깔을 상상해봐.
예를 들어 파란색이 마음을 차분하게 만든다면, 숨을 들이마시는 순간
파란색 소용돌이를 흡입하는 이미지를 떠올려보는 거야.

호흡을 잘하는 비결은, 날숨에 신경을 쓰는 거야. 숨을 제대로 내쉬어야
폐 속에 정체돼 있던 공기를 내보내고 새로운 공기를 채워 넣을 수 있어.

숨 고르기가 필요한 순간은 언제일까?

....

....

....

....

....

....

....

허용

자신을 허용한다는 건, 스스로에게 항상 최고가 될 필요가 없다는 '권리'를
주는 것과 같아. 있는 그대로 받아들이고, 자기 모습을 너무 냉정하게 평가하지
않는 거야. 스스로를 압박하지 않으면 어느새 새로운 활력이 생기고,
매사에 능률이 오르는 것을 경험할 수 있어.

자신을 얼마나 허용하고 있는지 표시해봐.

• 불완전하다고 느낄 때 ☐ 괜찮다 ☐ 괜찮지 않다

• 피곤할 때 ☐ 괜찮다 ☐ 괜찮지 않다

• 게으른 모습을 볼 때 ☐ 괜찮다 ☐ 괜찮지 않다

• 평소보다 못할 때 ☐ 괜찮다 ☐ 괜찮지 않다

• 싫증이 날 때 ☐ 괜찮다 ☐ 괜찮지 않다

어떤 상태일 때 자신에 대한 허용치를 높이고 싶어?

....

....

다시 도약하려면 무엇이 필요한지 생각해보고 적어봐.

....

....

....

....

예방

"병은 치료하는 것보다 예방하는 것이
더 중요하다." _ 프랑스 격언

건강은 가장 귀중한 자산 중의 하나야. 건강을 잃으면 선택의 폭이 줄어들 수밖에 없어.
매일 조금씩 건강을 챙기는 습관을 들이면, 그 혜택이 나중에 몇 배로 돌아올 거야.

다음의 예방책을 시도해본 적 있어?

- 침술   ☐ 그렇다   ☐ 아니다

- 마사지   ☐ 그렇다   ☐ 아니다

- 요가   ☐ 그렇다   ☐ 아니다

- 심신 수련   ☐ 그렇다   ☐ 아니다

- 자세 교정   ☐ 그렇다   ☐ 아니다

- 건강 검진   ☐ 그렇다   ☐ 아니다

건강을 위해 무엇을 하면 좋을지 적어봐.

....

....

....

....

....

기상

제대로 하루를 시작하고 싶다면, 기상하는 첫 순간을 소중히 해야 해.
늑장 부리다 뒤늦게 부랴부랴 일어나지 말고, 삼시 침내의 포근한 감을 만끼하며
기지개를 켠 후에 깊게 숨을 들이마셔 봐.

부드럽고 향긋한 모닝 커피를 음미하고, 기운을 차리게 만드는 샤워의 온기를
느껴봐. 지금 하는 행동에 오롯이 집중하는 거야. 머릿속으로 오늘 일과를
미리 점검해보는 일 따위는 잠시 미뤄두고 말이야.

자신만의 기상 세레모니를 만들어보면 어떨까?

....

....

....

....

☐ 여유롭게 보내기 위해서 기상 시간을 30분 앞당긴다.

☐ 먹음직스러운 아침 식사를 마련한다.

☐ 활기찬 음악을 준비한다.

☐ 그 밖의 아이디어

....

....

....

고요

깊은 잠에 빠졌을 때 찾아오는 고요를 생각해봐. 그 순간엔 아무도 나를 귀찮게
하거나 두렵게 만들지 않아. 그저 모든 것이 만족스럽고 평화로울 뿐이야.
주기적인 명상으로 단련하면 깨어 있는 상태에서도 고요의 경지에 도달할 수 있어.
눈을 감은 채로 깊게 호흡해봐.

명상법

1. 자신을 엄습하는 모든 생각을 내려놔.

2. 최대한 긴장을 풀어봐

3. 정신을 맑게 비우고 미소를 지어봐

4. 평화와 절대적인 평안의 이미지를 떠올려봐

고요의 순간을 떠올리며 느낌을 적어봐. 명상을 통해 이미지를 상상해보면 좋을 거야.

....

....

....

....

....

....

....

감각

오감을 이용해봐. 어떤 상황에서도 감각을 확장할 수 있는 방법을
배워보는 것도 좋고. 주변 환경을 마치 처음 탐색하는 것처럼 느끼고,
맛보고, 냄새를 맡고, 만지고, 소리를 들어봐.
그러면 감각이 몇 배로 확장되는데, 아마 굉장히 기분 좋은 경험일 거야!
그뿐만 아니라 현재와 '연결'된 기분이 점차 더 강해질걸.
그러면서 점점 걱정은 잊고, 현재의 순간을 온전히 누릴 수 있게 돼.

시각과 관련된 감각적 경험을 적어봐.

....
....
....
....
....
....

촉각과 관련된 감각적 경험을 적어봐.

....
....
....
....
....
....

후각과 관련된 감각적 경험을 적어봐.

....

....

....

....

....

....

청각과 관련된 감각적 경험을 적어봐.

....

....

....

....

....

....

미각과 관련된 감각적 경험을 적어봐.

....

....

....

....

....

....

일상

매일 할 일이 있다는 사실에 감사해.

일은 하루를 구성하고, 처음과 끝을 만들고, 일상에 의미를 부여하거든.

잡다한 일들 때문에 불만이 생길 때도 있지.

하지만 그때마다 오히려 유익한 일이라고 되뇌어봐. 쓸데없는 생각을 하면서

하루를 낭비하기보다는 바쁘게 일하는 편이 훨씬 나으니까 말이야!

할 일이 없는 것보다 최악인 상황이 있을까?

이제 더는 돌볼 사람이 없을 때, 그제야 소소했던 그 일들이 얼마나 소중하고

의미 있었는지를 깨닫게 되곤 해.

해야 할 일이 있는 일상의 장점이 무엇인지 생각해봐.

....

....

....

....

....

....

약속

이 세상은 결국엔 약속을 끝까지 지켜내는 사람의 것이야.
너무도 많은 사람이 약속을 쉽게 깨고, 단념하고, 손에서 놓아버려.
절대 그러지 말고 끈기를 가져봐! 특히 자신과의 약속은 더욱 중요해.

1. 결단을 내릴 줄 알아야 해

2. 결심이 흔들리지 않아야 해

3. 약속을 지키기 위해 책임을 질 때마다 자존감과 자기 만족감이
   높아지는 것을 느껴봐

어떤 약속을 지킬 수 있을까?

❑ 시간 약속

❑ 금연

❑ 함께 있어 주기

❑ 살을 5kg 찌우기 또는 빼기

❑ 기타

....

....

....

....

선 zen

모두 승려가 될 필요는 없지만, 선을 깨닫기 위해 노력한다면
분명히 발전의 기회를 얻게 될 거야!

어떻게 하면 선의 길로 들어설 수 있을까?

- 분노, 슬픔, 불평 등이 과도해지지 않게 스스로를 다스려야 해
- 상황을 객관화하는 능력을 길러야 해
- 본질적인 것에 더 많은 의미를 부여해야 해
- 내면의 가치와 궁극적인 목표를 절대 잊지 마

선의 길로 들어서겠다는 결심을 적어봐.

....
....
....
....
....
....
....
....
....

음양 ✱✱✱✱

몸의 균형을 찾아봐. 그러려면 몸의 메시지에 집중하고 신체 기능, 신체 리듬
그리고 에너지에 대한 이해를 높여야 해. 그러면 언제 '음'의 기운이 더 필요한지,
아니면 양의 기운이 더 필요한지를 알 수 있어.
예를 들어서 '음'은 지적인 활동, 독서, 자기 성찰, 부드러움, 고요함, 냉기 등에 가까워.
그리고 '양'은 신체적 활동, 스포츠, 실행, 흥분, 외향성, 열기 등에 해당하지.

• 낮잠 자기	음
• 요리하기	양
• 컴퓨터하기	음
• 아이들과 놀기	양
• 그림 그리기, 글쓰기	음
• 산책하기	양

일상적으로 어떻게 하루를 보내는지 적어보고, 음과 양의 균형이 잘 잡혀 있는지 살펴봐.

.... 음/양

.... 음/양

.... 음/양

.... 음/양

.... 음/양

음: 총___개   양: 총___개

• 현재 음과 양 중에서 어떤 기운이 부족한 것 같아? 어떻게 하면 둘의 균형을 이룰 수 있을까?

....

....

Chapter 5

일

행동

행동은 변화를 만드는 힘이 있어. 처음엔 무엇부터 해야 할지 몰라서 어렵겠지만
계속하다보면 점점 더 행동하고 싶은 욕구가 늘어나고 요령이 생기는 법이야.
일단 첫발을 내디뎌보자. 시작이 반이라는 말도 있잖아.
지금 당장 효과를 보지 못하더라도, 어떤 결과로 연결될지 잘 모르겠더라도 말이야.

명상하기

"소망 없이도 시작할 수 있고,
성공 없이도 지속할 수 있다." _ 기욤 도랑주

행동을 시작하기 전에 비전과 목표를 확실하게 세워야 해.
종이와 펜을 들고 목표를 명확하게 적어봐. 그런 다음, 해야 할 일들을 빠짐없이
나열해보는 거야. 그에 맞춰 시간이 얼마나 필요한지 가늠한 뒤 계획을 짜는 거지.
기한을 정하고, 해야 할 일을 며칠 또는 몇 주로 나눠서 분배하면 돼.
마지막으로 실현 가능한 그날그날의 목표들을 구체적으로 세워보는 거야.

- 최종 목표를 달성하기 위해 착수해야 할 행동들을 적어봐.

....

....

- 최종 기한은 언제로 정할까?

....

....

- 목표를 실현하는 데 도움이 될 만한 조력자는 누가 있을까?

....

....

용기

어느 날 작은 생쥐 두 마리가 큰 우유통에 빠졌어.

생쥐 한 놈은 곧바로 포기하더니 결국 익사해버렸어. 그런데 다른 한 놈은 몸부림을 치며
죽을힘을 다해 팔다리를 계속 휘저었어. 그랬더니 우유가 버터로 변해버렸지 뭐야!
결국 그 생쥐는 우유통에서 살아나올 수 있었대!

교훈: 어려움이 닥치면 용기를 내어 맞서는 거야!

어려움에 굴복하지 말고 긍정적인 생각으로 끈기 있게 계속해서 맞서봐.
언젠가는 노력한 만큼의 보상이 따를 거야.

두려움이 느껴지는 순간마다
한 줌의 용기를 내려고 노력해봐.

어떤 마음의 변화가 생겼는지 적어봐.

....

....

....

....

....

용기를 말할 때 '회복 탄력성'에 대한 이야기를 빼놓을 수 없지.

회복 탄력성이란 스트레스를 견디고 트라우마를 극복해서 다시 일어설 수 있게
만드는 능력을 말해. 이것은 우울증과 같은 악순환에 빠지지 않게 해주는 원동력이야.
보리스 시륄니크가 《불행의 놀라운 치유력》이라는 책에서 처음 소개한 개념으로,
'급류를 항해하는 기술'이라고 표현하기도 해. 상담이나 분석을 통해서도 개발할 수 있어.

변화

변화란 수많은 도전과 결심의 결과로 서서히 만들어지는 거야.

1단계 작은 결심들을 실행함으로써 나 자신을 변화시키는 훈련을 해보자.

습관을 바꾼다든지, 머리 모양에 변화를 준다든지, 벽을 새로 칠해보는 것 등이지.

2단계 '중급' 수준의 결심들을 시도해보자.

몸무게 5킬로그램 감량, 금연, 운동 시작, 활발한 사회활동 등이 여기에 해당돼.

3단계 큰 결심들을 단행해보자.

직업을 바꾼다든지, 이사를 한다든지, 결혼이나 이혼 등의 큰 결단을 말하지.

어떻게 하면 스스로를 개선할 수 있을지 매일 고민해봐. '나비 효과' 이론처럼 작은 변화가 일으킨 움직임이 진정한 혁신을 낳는 법이지!

"더디게 나아간다고 두려워 말고, 정체됐음을 걱정하라."_중국 속담

내 삶에서 변화가 있었으면 하는 부분을 생각해보고, 항목마다 만족도를 표시해봐.

• 사랑　　　　　　　　　　☺ ☺ ☹

• 사업　　　　　　　　　　☺ ☺ ☹

• 가족　　　　　　　　　　☺ ☺ ☹

• 사회생활　　　　　　　　☺ ☺ ☹

• 외모(외적인 부분)　　　　☺ ☺ ☹

• 마음(내적인 부분)　　　　☺ ☺ ☹

• 주변 환경　　　　　　　　☺ ☺ ☹

• 건강　　　　　　　　　　☺ ☺ ☹

☹가 나온 항목을 자세히 살펴보자.

1. 무엇이 문제인지 있는 그대로 설명해봐.
2. 내가 진정으로 바라고 꿈꾸는 비전은 뭘까?
3. 목표를 달성하는 데 도움이 될 만한 창의적인 해결책은?(생각나는 대로 모두 적어봐.)
4. 변화를 실현하기 위한 구체적인 계획을 실현 가능한 범위 내에서 적어봐.

1. 문제

2. 비전

3. 해결책(브레인스토밍하기)

4. 실행 계획 세우기

· 목표

· 방해물

· 성공 수단

· 시작일

· 실현 가능한 방법

욕구

긍정적인 에너지를 발산하려면 자신에게 어떤 욕구가 있는지 제대로 아는 것이
무엇보다 중요해. 욕구 불만 상태에선 행복할 수 없으니까.

어떤 활동이 나를 즐겁게 만드는지 생각해봐.

항목마다 즐거운 정도를 별 1개에서 5개까지로 표시해봐.

- <u>스포츠</u>　　　　　　　만족도　★　★　★　★　★
- 창조적인 일　　　　　만족도　★　★　★　★　★
- 자신을 표현하는 일　만족도　★　★　★　★　★
- 놀이　　　　　　　　　만족도　★　★　★　★　★
- 감동을 주는 일　　　만족도　★　★　★　★　★
- 다른 사람들과 함께 있는 것　만족도　★　★　★　★　★
- 요리　　　　　　　　　만족도　★　★　★　★　★
- 수공예 또는 정원 가꾸기　만족도　★　★　★　★　★
- ....　만족도　★　★　★　★　★
- ....　만족도　★　★　★　★　★
- ....　만족도　★　★　★　★　★
- ....　만족도　★　★　★　★　★
- ....　만족도　★　★　★　★　★

자신을 즐겁게 만드는 일이 무엇인지 알아도, 막상 실행하기가 쉽지는 않을 거야.

그렇다면 실천하는 데 방해가 되는 요소는?

- 시간이 부족하다   ☐ 그렇다   ☐ 아니다
- 에너지가 없다   ☐ 그렇다   ☐ 아니다
- 두렵다   ☐ 그렇다   ☐ 아니다
- 재능이 부족한 것 같다   ☐ 그렇다   ☐ 아니다

- **시간이 부족한 경우** 어떻게 하면 일정을 조절해서 시간을 낼 수 있을까를 생각하자. 일을 다른 사람에게 맡겨보는 것은 어때?
- **에너지가 부족한 경우** 초반에는 매일 조금씩 시도해봐. 어떤 활동은 할수록 더 하고 싶어지기 마련이거든. 그런 활동으로 말미암아 어떤 이점이 생기는지도 적어보면 어때?
- **두려움이 앞서는 경우** 두려운 채로 아무것도 하지 않는 것과 이에 맞서서 행동하는 것, 이 둘 중 어느 것이 나의 마음을 더 불편하게 할까? 어떤 선택이 더 도움이 되고 용기를 줄까? 무엇이 좋은지 잘 생각해봐.
- **재능이 부족한 것 같은 경우** 그림, 요리, 춤을 좋아하는데 재능이 부족한 것 같다고? 타인의 시선은 신경 쓰지 마. 사람들은 남의 일보다 자신의 일에 더 관심이 많은 법이야. 오로지 나 자신을 표현하는 기쁨에만 집중하면 되는 거야.

잊지 마! 자기 비판이나 자기 검열은 전혀 도움이 안 돼!
이 둘은 최악의 방해물이거든. 그것들로부터 자유로워져!
이것이 나에게 허락할 수 있는 최고의 선물이야!

창의력

만약 내가 하는 모든 일에 창의력이 더해진다면 어떤 변화가 생길까?
창의력은 수많은 형태로 일상 속에서 문제를 해결하는 열쇠가 되어주지.
새로움을 만들어내는 이 놀라운 능력은 내 삶은 물론 내가 하는 모든 일에 활력을
줄 거야. 창의력은 좋아하는 일을 할 때 더 크게 발현되지.

어떤 분야에서 창의력을 발휘해볼까?

좋아하는 활동을 골라 표시해봐.

❑ 예술(음악, 미술, 조각, 글쓰기 등)

❑ 무대(연극, 즉흥 연기, 마임, 광대, 안무 등)

❑ 수작업(요리, 장식, 공예 등)

❑ 사랑(깜짝 선물, 게임, 이벤트 등)

❑ 기타 ....

창의적인 아이디어가 떠오른 경험이 있다면 적어봐.

....

....

....

....

....

결정

스스로 결정할 수 있다는 것은 자신의 힘으로 인생을 바꿀 수 있다는 것을 의미해.
당장 오늘부터 인생을 바꿀 수 있는 힘을 길러보면 어떨까? 그 과정에서
크고 작은 결정 하나하나가 삶에 큰 영향을 미친다는 걸 알게 될 거야.
그리고 한번 내린 결정은 번복하지 않는 편이 좋아. 이랬다저랬다 하지 말고
그대로 밀고 나가보는 거야!

당장 오늘부터 시작하는 거야. 어떤 결정을 했는지 표시해봐.

- 더 융통성 있는 사람이 되자 ☐ 좋아 ☐ 나중에 ☐ 싫어
- 더 긍정적인 사람이 되자 ☐ 좋아 ☐ 나중에 ☐ 싫어
- 더 참을성 있는 사람이 되자 ☐ 좋아 ☐ 나중에 ☐ 싫어
- 감사의 표현을 더 자주 하자 ☐ 좋아 ☐ 나중에 ☐ 싫어
- 금연하자 ☐ 좋아 ☐ 나중에 ☐ 싫어
- 건강 식단에 신경 쓰자 ☐ 좋아 ☐ 나중에 ☐ 싫어
- 열정 있게 살자 ☐ 좋아 ☐ 나중에 ☐ 싫어
- 직업을 바꿔보자 ☐ 좋아 ☐ 나중에 ☐ 싫어
- 꿈을 구체화하자 ☐ 좋아 ☐ 나중에 ☐ 싫어
- 기타 .... ☐ 좋아 ☐ 나중에 ☐ 싫어
- .... ☐ 좋아 ☐ 나중에 ☐ 싫어
- .... ☐ 좋아 ☐ 나중에 ☐ 싫어
- .... ☐ 좋아 ☐ 나중에 ☐ 싫어
- .... ☐ 좋아 ☐ 나중에 ☐ 싫어

환경

주변 환경을 항상 청결하고 쾌적한 상태로 유지해야 해.
그 장소가 내뿜는 에너지가 사람에게 직접적인 영향을 미치거든.

**"주인은 자신의 집을 존중해야 한다.
집이 주인을 존중하는 것이 아니라."** _ 키케로

• 주변이 잘 정돈되어 있다   ☐ 그렇다   ☐ 아니다

• 주변이 청결하다   ☐ 그렇다   ☐ 아니다

• 가구들이 동선을 해치지 않게 배치되어 있다   ☐ 그렇다   ☐ 아니다

• 녹색 식물 또는 조화가 있다   ☐ 그렇다   ☐ 아니다

• 벽에 밝은 그림이나 액자가 걸려 있다   ☐ 그렇다   ☐ 아니다

• 다정한 가족사진이 놓여 있다   ☐ 그렇다   ☐ 아니다

• 촛불, 예술품 등 장식품이 놓여 있다   ☐ 그렇다   ☐ 아니다

• 벽의 색을 고를 때 색깔의 상징성을 고려했다   ☐ 그렇다   ☐ 아니다

• 물건이 깨지거나 망가지면 바로 버린다   ☐ 그렇다   ☐ 아니다

주변 환경의 개선이 필요하다면, 이에 필요한 크고 작은 결심들을 적어봐.

....

....

....

....

....

....

열정

불꽃과 같은 열정과 갈망을 더욱 키워보면 어때?
한계를 뛰어넘고 능력을 최대치로 끌어올리게 만드는, 그런 열정을 말이야.

내 안의 열정을 찾아봐!

호기심을 발휘해봐.

무엇이 궁금해? ....

....

....

새로운 경험을 시도해봐.

무엇부터 해볼까? ....

....

....

내 눈을 반짝거리게 만드는 일을 찾아봐.

무엇을 할 때 즐거워? ....

....

....

승리

"패자는 자신이 이기면 무엇을 할지 알고, 모두에게 이것을 떠벌린다.
승자는 자신이 지면 무엇을 할지 알지만, 아무에게도 말하지 않는다."

승리하는 자세란 어떤 상황이라도 긍정적인 마인드로 맞서려는 태도를 말해.
그리고 실패에서 교훈을 얻고, 자신을 발전시키며 상황을 바꾸는 계기로 삼지.
무엇보다, 자신이 실패하거나 항상 완벽하지 않아도 된다는 것을 알아.

계획 세우기: 플랜 A, 플랜 B

항상 승리하는 방법!

• 플랜 A : ....
....
....
....
....

• 플랜 B : ....
....
....
....
....

관망

어려움이 닥치면 갈피를 잡기 힘들 때가 있어.
너무 가까이 있으면 오히려 아무것도 보이지 않는 법이거든.
전지적 시각을 가지려면 관망의 자세가 필요해. 사소한 것에
집착하기보다는 문제를 전체적으로 볼 수 있어야 한다는 뜻이야.
관망은 현재 상당히 곤란해 보이는 문제를 '객관화' 하게 해주지.

이 문제가 일주일 뒤에는 어떻게 될 것 같아?
한 달 뒤 또는 일 년 뒤에는?
그럼 십 년 뒤에는?

지금 나를 괴롭히는 문제들을 적어봐.

- ....
- ....
- ....
- ....

• 이 문제에 대한 불만을 1에서 10까지 숫자로 표시해봐.
  (1=별로 불만이 없다. 10=분노할 만큼 불만이 심하다.)

• 이 문제의 중요도를 1에서 10까지 숫자로 표시해봐.
  (1=중요하지 않다. 10=대단히 중요하다.)

한 걸음 떨어져서 전지적 시각으로 문제를 다시 바라봐! 문제 해결의 길이 보일 거야.

영감

영감의 원천을 얻는 것만큼 엄청난 일이 또 있을까?
영감이 '찾아오게' 만들려면 열린 마음과 자주적인 태도를 키워야 해.
예를 들어서 '세렌디피티(뜻밖의 행운)'의 법칙을 따라보는 거야.
인도를 찾으려다 아메리카 대륙을 발견한 것 같은 행운을 말이야!
정신을 '대기 모드'로 설정해놓고, 예기치 않았던 색다르고 엉뚱한
아이디어에 접근해보면 좋아. 항상 노트를 지참하고, 머릿속에
아이디어가 떠오르는 대로 가감 없이 모두 적어보는 거야.

영감을 얻기 위해 할 수 있는 것들

• 산책하기

• 전시회 관람

• 잡지 기사 스크랩하기

• 지적 양식 쌓기

• 다른 사람과 의견 공유하기

• 창의적인 취미 강좌 듣기

• 그 밖의 아이디어 ....

....

• 다음의 여러 가지 표현 방식 중에서 어떤 활동이 가장 자연스럽게 영감을 줄까?
  (글쓰기, 시 쓰기, 데생/회화, 조각, 랩, 연극, 음악, 요리/베이킹, 기타)

• 지금 떠오르는 영감을 자유롭게 적어봐. ....

....

....

....

재능

재능 있는 일은 즐기면서 쉽게 할 수 있어. 나의 숨은 재능을 찾아보자.
'무대'에 올라가 뽐낼 수 있는 것만이 재능이 아니야. 재능은 나를 유일무이한
존재로 만들고, 자존감을 높여줘. 그러니까 삶의 계획에 맞게 각각의 재능이
적절히 발휘되도록 만들어줘야 해. 내 삶이 만개할 수 있는 하나의 비결이지.

• 요리에 재능이 있다	☐ 그렇다	☐ 아니다
• 정리에 재능이 있다	☐ 그렇다	☐ 아니다
• 손재주가 있다	☐ 그렇다	☐ 아니다
• 사람을 대접하는 데 능하다	☐ 그렇다	☐ 아니다
• 글/그림/노래에 재능이 있다	☐ 그렇다	☐ 아니다
• 아이들을 돌보는 재주가 있다	☐ 그렇다	☐ 아니다
• 분위기를 좋게 만드는 재주가 있다	☐ 그렇다	☐ 아니다

자신의 재능을 제대로 알고 있다고 생각해?

☐ 그렇다   ☐ 아니다   ☐ 그럭저럭

자신의 재능을 개인적으로나 업무에 충분히 활용하고 있다고 생각해?

☐ 그렇다   ☐ 아니다   ☐ 그럭저럭

자신의 가치를 더욱 높이려면 어떻게 해야 할까?

....
....
....
....
....

빛

문자 그대로 '빛'에 관해서 말해보자면,
항상 주변에 조명을 충분히 밝혀두는 것이 좋아.

빛은 기분에 엄청난 영향을 주지. '빛을 향해 나아간다'라는 비유적 표현은
내가 정말 좋아하고 진정으로 의미가 있는 길로 나아간다는 뜻이야.
그리고 그 일을 잘 해내고, 내 삶에 유익한 것에 집중한다는 의미도 담겨 있어.
그렇다고 어두운 부분을 부정하라는 것이 아니라,
내게 유익한 것에 빛을 비추고 더 중요시하라는 말이야.

자신의 삶에 빛이 되는 것은 무엇인지 적어봐.

....

....

....

....

....

....

....

교훈

앞으로 나아가려면 과거의 실수에서 교훈을 끌어낼 줄 알아야 해.
실패를 곱씹는 것보다 겸손한 자세로 실패의 원인을 분석하는 것이 훨씬 더 건설적이거든.

다시 시작하고, 유지하고, 발전하는 것.
이것이 바로 성공하는 이들의 비결이야!

• 최근 몇 년간 실패한 경험이 있어?

....
....
....
....
....
....

• 실패로 무엇을 알게 됐어?

....
....
....
....

• 앞으로 하지 말아야 할 것은 뭘까?

....
....
....

목표

인생의 목표는 최대한 구체적인 것이 좋아.

절대 잊어버릴 수 없도록 말야!

먼저 목표를 글로 적어봐. 좀 더 명확해질 거야.

그리고 세부 항목마다 목표를 이루는 데 필요한 행동 지침을 상세하게 적어봐.

마지막으로 목표들을 단기, 중기, 장기로 분류하는 거야.

목표

• 단기 목표 ....

....

• 중기 목표 ....

....

• 장기 목표 ....

....

목표를 실현하는 데 무엇이 도움이 될까?

❑ 친구   ❑ 가족

❑ 선생님/심리상담사   ❑ 교육

❑ 금전적 수단   ❑ 파트너십

❑ 기타 ....

앞으로 5년 뒤에 내가 생각하는 이상적인 모습을 적어봐.

....

....

긍정 ✳ ✳

'긍정성 시험'을 한번 치러보자. 3일 동안 부정적인 생각을 전혀 하지 않고
지내보는 거야. 그리고 기간을 5일, 7일, 9일로 점차 늘리는 거지.
부정적인 생각이 들 때마다 평화, 사랑, 연민, 선의 등 긍정적인 생각들로
마음을 채우려고 노력해봐.
물론 쉽지 않겠지만 연습할수록 점점 성공률이 높아질 거야.

명상하기
"천국은 장소가 아니라 마음 상태다." _ 조지 바버린

긍정적인 생각이 삶에 어떤 변화를 가져왔는지 적어봐.

....
....
....
....
....
....
....

긍정의 파급력! 긍정적인 생각을 계속 키우다 면 기분이 좋아질 뿐만 아니라,
긍정적인 기운이 밖으로 발산돼서 좋은 사람들과 좋은 일들을 끌어당기는 힘이 생겨.

발전

재능, 경험, 수준과 상관없이 계속해서 도전하고 발전하는 것이 가장 중요해.
이미 습득해서 잘 알고 있는 것에 안주하지 마. 발전을 위해선 끊임없는
자기 계발이 필요해.

어떤 부분을 발전시키고 싶어?

• 신체 ....

....

• 정신 ....

....

• 인간관계 ....

....

• 직업 ....

....

• 예술 ....

....

• 기타 ....

....

끈기

"더 이상 시도하지 않는가? 더 이상 실패하지 않는가?
그런 것은 전혀 중요하지 않다! 다시 시도하고,
또 실패하고, 더 멋지게 실패하라." _ 사무엘 베케트

성공한 사람들이 정말 단 한 번만에 성공했다고 생각해?
손가락을 튕기면 마법이 이루어지듯이?
절대 아니야. 열심히 일하고, 수없이 노력하고, 성공할 것을 믿고,
무엇보다 끈기를 가졌기 때문에 성공한 거야!

중요한 계획을 끝까지 해내는 데 도움이 되는 질문들이야. 자신은 어떤지 표시해봐.

• 과거의 실수에서 교훈을 얻으려고 노력했다 ☐ 그렇다 ☐ 아마도 ☐ 아니다

• 자신을 개선할 방법을 깊이 생각했다 ☐ 그렇다 ☐ 아마도 ☐ 아니다

• 다양하게 시도했다 ☐ 그렇다 ☐ 아마도 ☐ 아니다

• 여러 번 시도했다 ☐ 그렇다 ☐ 아마도 ☐ 아니다

끈기를 갖고 도전할 만한 계획을 적어봐.

의지

의지력을 강화하는 훈련을 하면 인생에 엄청난 변화를 가져올 수 있어!
의지력은 자기 규제와 끈기를 통해 완성되는 거야. 강한 의지는 삶의 주도권을
잡고 목표를 실현할 수 있는 힘을 주지. 의지의 '근육'이 아직 약하다면, 먼저 실현
가능한 작은 목표부터 세워봐. 노트에 기록한 작은 목표들을 하나씩 달성해 나가는 거야.
그리고 그때마다 의지력의 한계를 조금씩 늘려봐. 최종 목표에 도달했을 때의 보상을
항상 머릿속에 그리고 있으면, 훨씬 즐거운 마음으로 노력할 수 있을 거야.

명상하기

"의지가 있는 곳에 길이 있다." _ 윈스턴 처칠

• 현재 의지가 부족한 분야가 있는지 생각해봐.

....

....

• 의지가 부족한 분야에서 강한 의지력을 발휘하면 삶에 어떤 변화가 있을까?

....

....

앞으로 변화된 모습을 보여주겠다는 의지를 분명하게 표명해봐.

"나는 _____할 의지가 있다."

(장소)_____ (날짜)_____

서명 _____

씨앗

씨앗을 뿌린 뒤에는 인내심과 믿음을 가져야 해. 언젠가는 반드시 새싹이
돋아날 테니 말이야! 물론 곳곳에 씨앗을 퍼뜨리기 전에 어디에 자리를 잡을지
고민하고, 계획을 충분히 생각해본 뒤 구체적인 목표를 세우는 게 바람직해.
그래야만 알곡(건전한 동기, 일관성, 적합성)과 쭉정이(잘못된 길, 불량한 동기 등)를
제대로 구분할 수 있거든.

"모두가 나무의 핵심이 과일이라고 믿지만,
사실 핵심은 종자다." _ 니체

나아갈 길을 정하고 씨를 뿌리기 전에 그만한 가치가 있는지 고민해야 해.
'R.O.A.D.' 기법을 통해 점검해봐.

- R(risk): 불리한 요인들은 없어?

- O(opportunity): 이 길을 선택함으로써 내게 주어지는 기회와 이익은?

- A(asset): 성공을 위한 나만의 강점, 장점 그리고 자산은 어느 정도야?

- D(defect): 나의 단점, 약점 그리고 결함이 무엇인지 알고 있어? 이것을 극복하고 개선하려면 어
  떻게 해야 할까?

최근에 어떤 씨앗을 심었는지 적어봐.

....

....

....

....

가치관

인생의 목표를 세울 때 중요한 것은 '자신의 가치관을 기반으로 해야 한다.'는 점이야.
만약 실제의 삶과 가치관 간의 괴리가 너무 크면 인생이 괴로워질 수 있거든.

가치 있다고 생각하는 순서에 따라 순위를 매겨봐.

- ___위: 돈
- ___위: 가족
- ___위: 인정받는 것
- ___위: 직업적 성공
- ___위: 사회생활
- ___위: 인생
- ___위: 사랑
- ___위:
- ___위:
- ___위:

자신의 가치관을 기반으로 한 이상적인 인생 목표가 무엇인지 적어봐.

....
....
....
....
....

Note

에필로그

이 책의 핵심 단어 중에서 가장 가슴에 와 닿았던 단어들을 골라봐. 그렇다고
너무 많이 고르는 욕심은 부리지 말고. 하나라도 제대로 하는 것이 중요하니까
말이야. 가장 핵심은 변화·발전하려는 굳은 결심을 흔들림 없이 지켜나가는 거야!

사랑을 향한 나의 결심

....

....

....

....

가정을 향한 나의 결심

....

....

....

....

사회생활을 향한 나의 결심

....

....

....

건강을 향한 나의 결심

....

....

....

....

일(직업)에 대한 나의 결심:

....

....

....

....

나   은(는) 본인의 명예를 걸고

변화를 실현하기 위한 결심을 지키고,

이에 필요한 모든 행동을 실천할 것을 선언합니다.

년   월   일 _____ (서명)

'행복'을 위한 10계명

1. 감정을 있는 그대로 수용하라.

감정을 거부하지 말고 있는 그대로 받아들이고, 마치 하나의 증거물처럼 세세히 살펴봐.
부정적인 감정들은 하늘에 떠 있는 먹구름이라고 생각하고 그냥 흘려보내면 돼.
마음을 비울 필요가 있는 경우에는 하얀 종이 몇 장을 준비해서 무엇이 문제인지
빼곡하게 채워봐. 가진 것을 내려놓고, 흐르는 대로 내버려 둬. 이것이 최선은 아니지만,
시간이 약이란 말도 있잖아.

2. 등을 쭉 펴라.

얼굴에 미소를 짓고, 머리를 위로 잡아당기는 끈이 있는 것처럼 몸을 곧추세워.
비록 흉내만 내는 것 같아도 일단 시도해보는 거야. 바른 자세는 마음에도
긍정적인 영향을 미치거든.

3. 휴식하고, 낮잠을 자라.

한숨 자고 나면 갑자기 일이 잘 풀릴 때가 많아. 너무 지쳐서 생각조차
어렵다면 한숨 자버려.

4. 자신에게 소소한 기쁨을 선사하라.

잡지, 액세서리, 맛있는 간식 등을 자신에게 선물해.

5. 사람이나 사물에게 사랑을 줘라.

불만이 가득한 상태에서 벗어나는 데 정말 도움이 되거든.

6. 걷고 산책하라. 가능하면 자연도 감상하면서 말이다.

생각을 정리하고 체력을 회복하는 데는 최고의 방법이지.

7. 매순간 긍정적인 생각으로 임하라.

부정적인 생각이 들면 잠시 멈추고 차라리 아무 생각도 하지 마. 아니면
"잘 될 거야. 난 나를 믿어. 모든 일이 잘 풀릴 거야."라는 긍정적인 문구들을 되뇌어봐.

8. 에너지를 되찾는 데 도움이 되는 활동을 하라.

그림, 독서, 음악 듣기, 영화 보기 등을 추천해.

9. 사람들과 어울리거나 지인에게 연락하라.

홀로 남아서 안 좋은 일을 곱씹는 건 좋지 않아. 무조건 집 밖으로
나가 누군가를 만나자.

10. 몸을 잘 돌보라.

목욕, 마사지, 스킨십, 스트레칭, 휴식, 명상 등을 의식적으로 하도록 해.

행복을 연습하라!

우리가 더 이상 아이와 같은 눈으로 세상을 보지 못하는 것은 익숙함의 함정에 빠지기 때문이다. 반복되는 일상은 패턴이 되어 우리 뇌에 단단한 맥락을 만든다. 그리고 이를 바탕으로 다채로운 세상을 단순화하고 이미 아는 것으로 만들어버린다. 내가 아는 지식으로 세상을 판단하고 익숙해지면서 소소한 행복을 잃어버리는 것이다.

삶이 지루하다 느껴지고 SNS와 유튜브 속에 사는 사람들의 멋지고 쿨하고 늘 새로운 자극적인 삶을 꿈꾸게 된다. 자극적일 것 없는 소소하고 평범한 나의 삶은 그저 초라하고 부족하다 여겨진다.

그리고 생각한다. "나는 행복하지 않다."

『에브리데이 해피니스』의 부제는 '날마다 행복해지는 연습'이다. 당신은 행복해지기 위해 어떤 연습을 하고 있는가? 남들과 비교하며 행복을 멀리서만 찾고 있지 않은가?

나의 행복은 나로부터 오며 연습으로 얻을 수 있다. 이를 위해서는 내가 경험하는 모든 감각의 민감성을 높이는 것이 꼭 필요하다. 전에는 미처 행복이라고 생각하지 않던 작은 것에 주의를 기울이고 모든 일의 진행 과정 하나하나를 적극적으로 경험할 때, 잊혀진 세상의 다양한 측면을 발견하고 이미 존재해온 '소소하지만 확실한' 행복을 누리게 되는 것이다.

생각해보라, "나는 나의 행복을 미처 깨닫지 못하는 것은 아닐까?"

이 책은 다섯 가지 측면에서 나를 돌아보고 98가지 단어와 연결된 나의 삶을 성찰하도록 돕는다. 그동안 너무나 당연해서 잊혀지고 무뎌진 감각을 깨우는 시간을 가질 수 있도록 인도한다.

이 책을 읽으며 98가지 단어와 연결된 기억, 감각, 감정, 생각으로 나의 몸과 마음이 가득해지는 것을 느낄 수 있었다. 그렇게 세 번을 반복해서 읽고 스스로에게 질문과 답을 해나가면서 나의 삶이 얼마나 풍요로웠는지 감사하고 세상이 가진 다양한 색을 맛볼 수 있게 되었다.

부디 이 책을 통해 많은 사람이 소소하지만 확실한 행복– 소확행의 의미를 온몸으로 깨닫고 삶의 민감성을 높여 행복을 누리는 삶이 함께하기를 바란다.

행복도 연습할 때 가질 수 있다.

에릭소니언 NLP 심리 연구소 대표

정귀수

지은이 **라파엘 조르다노**

라파엘 조르다노는 MBTI 공인상담사이자 그룹코칭 전문가다. '에모톤
(Émotone)'이라는 조직을 설립해 기업들을 대상으로 창의력, 혁신, 커뮤
니케이션, 팀워크, 스트레스 관리를 주제로 강의하고 있다.
에스티엔 대학교에서 미술과 커뮤니케이션학을 전공했으며, 출판 이력
에서도 그의 창의력 넘치는 족적을 확인할 수 있다.
저서로는 〈닥터 쿨젠의 비밀 Les Secrets du Docteur Coolzen〉 시리즈와
베스트셀러 《끌려다니지 않는 인생》 등이 있다.

옮긴이 **이보미**

한국외국어대학교 프랑스어과와 동대학교 통번역대학원 한불과를 졸업
했다. 정부 협력기관에서 통번역 업무를 했으며, 현재 번역 에이전시 엔
터스코리아에서 출판 기획 및 전문 번역가로 활동하고 있다.
옮긴 책으로는 《허브 상식사전: 참 쉬운 허브 활용법 82》, 《에스더가 사
는 세상: 10살 때 이야기》 등이 있다.

감수 **정귀수**

에릭소니언 NLP 심리 연구소 대표, 국제공인 NLP 트레이너. LG 생활건
강, 스타트업, 심리상담 연구소를 거치며 갖춘 통찰력을 자신만의 말과
글로 풀어놓는 작업에 빠져 있다. '사람의 마음이 어떻게 움직일까'를 연
구하며 마음을 다스려 안정적이고 행복한 심리 상태를 유지할 수 있는
비법을 전하기 위해 노력하고 있다. 저서로는 《최면 심리 수업》, 《밀턴
에릭스에게 NLP를 묻다》가 있다.